M. SARDINI

AS VOZES SOMBRIAS DE IRENA

AVEC
EDITORA

Copyright© 2021 M. Sardini

Todos os direitos dessa edição reservados à editora AVEC.

Nenhuma parte desta publicação poderá ser reproduzida, seja por meios mecânicos, eletrônicos ou em cópia reprográfica, sem a autorização prévia da editora.

Publisher: Artur Vecchi
Editor: Duda Falcão
Projeto Gráfico e Diagramação: Vitor Coelho
Design de Capa: Vitor Coelho
Revisão: Camila Villalba

1ª edição, 2021
Impresso no Brasil/ Printed in Brazil

Dados Internacionais de catalogação na Publicação (CIP)
(Câmara Brasileira do Livro, SP, Brasil)

S 244

Sardini, M.
 As vozes sombrias de Irena / M. Sardini. – Porto Alegre : Avec, 2021.

 ISBN 978-65-86099-85-0

 1. Ficção brasileira
  I. Título

CDD 869.93

Índice para catálogo sistemático: 1.Ficção : Literatura brasileira 869.93
Ficha catalográfica elaborada por Ana Lucia Merege – 4667/CRB7

Caixa Postal 7501
CEP 90430-970 – Porto Alegre – RS

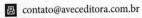 contato@aveceditora.com.br
www.aveceditora.com.br
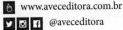 @aveceditora

"O que é vertigem? Medo de cair?
Mas por que temos vertigem num mirante cercado
por uma balaústre sólida? Vertigem não é o medo
de cair, é outra coisa. É a voz do vazio debaixo de
nós, que nos atrai e nos envolve, é o desejo da queda
do qual nos defendemos aterrorizados."

Milan Kundera – A Insustentável Leveza do Ser

Às MULHERES que tenho a honra de chamar de família.
Que coragem e liberdade sejam sempre as palavras
de ordem para mudarmos o mundo,
a começar por nós mesmas.

Aviso de gatilho: Este é um livro de horror, contendo violência explícita. Leitores muito sensíveis aos temas de violência doméstica, estupro, abuso sexual e assassinato devem ter em mente que há conteúdo desses temas nesta obra.

Prólogo

Brno[1], 1988

— Mulher idiota!

— Me desculpe. — A voz soou tímida.

— A sopa está fria. Eu gosto de sopa fria, Ingrid? Alguém gosta de sopa fria?

— Não. — Ela não ousava discordar.

O rapaz bufou, empurrando o prato do jantar de lado. Fez questão de atirar para longe os talheres também, de modo que fizessem bastante barulho sobre a madeira da mesa.

— O que eu acho curioso — iniciou, em um tom de voz debochado — é que você não serviu comida fria para o Petr quando ele veio aqui.

— Petr? — A moça pareceu confusa. — O seu amigo?

O homem socou a mesa com força suficiente para fazer chacoalhar tudo o que havia sobre ela.

— Olha, Ingrid, eu vou avisar uma única vez. É melhor você me contar o que aconteceu entre vocês dois, porque se eu descobrir sozinho...

---

1 Cidade da antiga Tchecoslováquia, atual República Tcheca.

— Marek, querido — Ingrid o interrompeu, ainda que docemente —, eu não faço ideia do que você está falando. Eu vi o Petr uma única vez, naquela noite que você o trouxe aqui.

— Ah, é mesmo? Porque você pareceu simpática demais para alguém que não o conhecia.

— Simpática demais? Eu estava... eu só... Ele *é seu amigo! Eu estava sendo uma boa anfitriã!*

— É assim que você chama?

— Meu Deus! Como você é paranoico! — desabafou. A voz trêmula denunciava que ela segurava o choro.

— Paranoico? Não me venha com essa conversa de paranoia. Eu sinto o cheiro de alguma merda acontecendo.

— Eu não acredito que estou ouvindo isso — disse Ingrid, dirigindo-se para a porta da cozinha.

— Ei, eu estou falando com você — gritou Marek, agarrando-a pelo braço. — Não vire as costas para mim! Quem você pensa... — Foi interrompido por três fortes batidas na porta de madeira da sala. Ele soltou o braço da esposa, encarando-a: — Você está esperando alguém? — perguntou, abaixando o tom de voz.

Ela fez um sinal negativo com a cabeça.

Mais três batidas irromperam pela pequena residência.

— Eu já volto — disse Ingrid ao marido. — Não sei quem pode ser a esta hora.

Caminhou até a entrada da casa e, curiosa, observou por uma fresta da cortina, na janela ao lado da porta. Não havia ninguém do lado de fora. A única coisa que avistou foram pegadas de algum animal na neve, que vinham da calçada em direção à entrada de sua casa. A rua, todavia, parecia deserta, e pouco se via para além do poste de luz na calçada.

— Quem é? — ela perguntou, ainda observando pela fresta.

Não houve resposta. Ingrid retornou à cozinha.

— E então? — Marek a aguardava encostado na pia.

— Não tinha ninguém. Acho que já foi embora.

— Embora? Quem estaria na rua a uma hora destas?

Ela balançou os ombros, aliviada pela interrupção da briga. Já havia passado por aquilo vezes demais para saber como acabava.

Três batidas ressoaram mais uma vez pela casa, agora mais imponentes. O casal se entreolhou.

— Pode deixar que eu vou desta vez — anunciou Marek, impaciente.

— Devem ser crianças brincando — balbuciou Ingrid.

— Não deveriam nem estar na rua nesse frio.

Assim que Marek retirou-se da cozinha, a esposa adiantou-se em lavar a louça do jantar, antes que aquilo virasse uma nova briga. Em seguida, colocou peça por peça no escorredor de metal, secou as mãos, e então deu-se conta de que o marido não havia retornado.

— Marek? — chamou, sem resposta. — Marek, quem era?

Ingrid dirigiu-se à sala, encontrando a porta aberta, por onde um cortante vento gélido soprava, impiedoso. A sala estava vazia, bem como o pequeno hall de entrada, onde via-se apenas um amontoado de casacos. Caminhou até a porta, projetando o corpo para o lado de fora. Nada além de uma enorme poça d'água parcialmente congelada lhe chamou a atenção, até que Marek despontou da lateral da casa, encolhendo-se de frio.

— Não faço ideia de quem seja — ele anunciou, entrando novamente pela sala e fechando a porta atrás de si. — Não tem ninguém na rua, mas vi algumas pegadas vindo em direção à casa. Parece ser de algum cachorro, mas também não vi nada no quintal. Já deve ter ido embora.

— Que estranho — disse Ingrid, olhando mais uma vez pela janela. Em seguida, notou que o marido ainda tremia de frio. — Por que não toma um banho quente antes de dormir?

Ele assentiu. Dirigiu-se para o banheiro, ligou o chuveiro, e, enquanto aguardava que a água esquentasse, despiu-se, chutando as roupas usadas para um canto. Aproximou-se do vaso sanitário. Preparou-se para urinar, mas algo não parecia certo.

A água da privada, costumeiramente transparente, estava escura. De uma cor tão negra e densa que era como se ali houvesse sido despejado uma grande quantidade de tinta nanquim. Ele vergou as sobrancelhas e aproximou-se do vaso sanitário, observando mais de perto.

Por alguma razão que não saberia explicar, aquela cor enegrecida e intensa era tão fascinante que ele era incapaz de desgrudar os olhos dali. E aquele pequeno aglomerado de água parecia mover-se em um ritmo calmo, como pequenas ondas, indo e vindo, sacolejando com suavidade.

Marek não saberia precisar quando, mas poderia jurar que em algum momento o recinto fora invadido por uma espécie de música. Um cântico entoado em uma voz macia e doce, tão sincronizado ao movimento daquelas ondas que ele passaria horas ininterruptas ali, apenas acompanhando o ir e vir das águas e daquela longínqua melodia.

Foi então que ele a viu, misturada ao seu próprio reflexo na água. A pele extremamente branca, contrastando com os dois grandes olhos ne-

M. Sardini

gros; olhos estes que não possuíam íris nem esclera. Eram apenas enormes formas amendoadas impressas no rosto alvo, fitando-o com um fascínio hipnotizador.

Marek sequer notou quando uma cascata de sangue desprendeu-se de suas narinas, inundando os lábios de um gosto metálico e gotejando da ponta do queixo até cair naquelas águas acolhedoras. A cada gota, o movimento das ondas se intensificava e distorcia levemente aquela imagem.

Gota a gota, as águas assumiram uma coloração rosa-escura, depois um pouco mais avermelhada, até tornarem-se de um escarlate profundo. O par de olhos, cada vez mais nítidos, encaravam-no com êxtase, aproximando-se mais e mais, até a ponta do nariz de Marek imergir tenuemente naquele mar vermelho-sangue.

Foi o bastante para que a inteira superfície de seu rosto fosse sugada para dentro da água, enquanto todo o corpo estremecia em um frenesi, batendo os pés e os joelhos contra o chão. As mãos, depositadas nas bordas do vaso sanitário, resvalavam na porcelana, tentando firmar-se, em vão.

Algumas bolhas de ar subiam ao redor dos cabelos encharcados, e a agitação das pernas durou ainda mais alguns minutos, até, enfim, cessar, quando a cabeça afundou até o pescoço em seu próprio sangue, como uma âncora no mar.

No vento da madrugada
Que range e ruge baixinho
Levanta-se em quatro patas
Para trilhar o seu caminho

Brno, 1988

A escuridão do quarto a espreitava quando Eva, ofegante, abriu os olhos. Fartas gotas d'água pingavam sobre seu rosto, despertando-a. Sentou-se na cama, apertando as pálpebras até acostumar-se com a penumbra da noite. A luz do poste da rua penetrava, *tímida*, pelas cortinas da janela.

No travesseiro, pôde sentir uma mancha úmida, e pequenas gotas ainda caíam vez ou outra, aparentemente vindas de uma fenda no teto. Bufou, empurrando o travesseiro para o lado e tirando-o do alcance da goteira.

Havia meses, talvez anos, não sonhava com a avó. E aquilo não havia sido um sonho, e sim um pesadelo. O rosto esquálido, os ossos zigomáticos salientes, os olhos estatelados e afundados nas órbitas oculares, mirando-a com desespero. E então, de súbito, tudo se misturou ao toque das gotas em sua face.

Sonhos intimidantes com a avó eram mais frequentes na infância e na adolescência. Até quando se casou e mudou-se de casa, ainda acontecia vez ou outra. Mas já havia muitos anos que isso parara.

Levou os pés descalços ao chão, esfregando o rosto com as mãos espalmadas. Por cima dos ombros, certificou-se de que Ian continuava dormindo e então retirou-se em silêncio do cômodo. Atravessou o corredor, rumo à cozinha, onde a luz do poste da rua era mais evidente, clareando com mais generosidade todo o recinto.

Pegou um copo d'água e recostou-se contra a pia, ainda repassando em sua mente as imagens de seu sonho. Aqueles olhos assustados, esgazeados. Um aperto no peito a fez relembrar da última vez que tivera qualquer notícia da avó, cerca de uns sete anos antes.

Um barulho agudo cortou os pensamentos de Eva, fazendo-a olhar pela janela, em direção à rua. Uma sequência ininterrupta de gritos histéricos, que duravam alguns segundos e depois perdiam potência, até culminar em um som baixo e rouco.

No início, podia jurar que se tratava de uma pessoa gritando. Contudo, bastou acostumar o ouvido ao som para desconfiar que fosse algum animal, ainda mais estando tão próxima da floresta, a três ou quatro casas dali. Debruçou-se sobre a pia, tentando enxergar melhor a rua, e então pôde avistar quando uma silhueta canídea passou pela frente da casa, em direção à mata.

Antes que o animal saísse do campo de visão de Eva, entretanto, estagnou-se perto da calçada e virou-se na direção da janela. Fora do alcance da luz do poste, não era possível ver muito mais que o contorno do corpo esguio do que parecia uma raposa, mas um brilho intenso emanava de seus olhos, mirando a janela com atenção, como se olhasse diretamente para Eva. Pouco depois, o bicho retomou seu caminho, rumo à floresta.

Eva tomou o copo d´água e dirigiu-se de volta para cama, aninhando-se aos pés do marido para evitar a goteira. Tentou recuperar o sono, o que aconteceu apenas por mais algumas horas, quando o toque insistente do telefone a despertou de vez de seu sono.

A porta de metal do hospital abria e fechava com certa constância, em um ir e vir de pessoas. Algumas agitadas, preocupadas; outras sorridentes. Outras, devastadas.

Sabina observava-as, os olhos verdes marejados escondidos atrás dos óculos escuros. Sentada em um banco de madeira na calçada, as vestes improvisadas denunciavam a saída às pressas de casa. Firmou o isqueiro em uma das mãos, a outra tateando o bolso do casaco em busca do maço de cigarros.

O dia começava a amanhecer, mas Sabina passara as últimas horas da madrugada naquele hospital e o cansaço já dava seus primeiros sinais. Uma brasa acendeu-se na ponta do cigarro, a outra prensada entre os lábios. Deu uma longa e profunda tragada, degustando a sensação de alívio que aquilo lhe provocava, e então avistou uma figura conhecida virando a esquina.

Levou o cigarro mais uma vez à boca, desta vez levantando-se do banco, e ajeitou as roupas e os longos cabelos ruivos a tempo daquela notória figura se aproximar, como se aguardasse por alguma vistoria ou avaliação.

— Eu não tinha certeza se você viria — disse, tirando o cigarro da boca e expelindo um amontoado de fumaça.

— Eu não sabia que você fumava — retrucou Eva, colocando as mãos no bolso do sobretudo.

— Tem uns anos já — respondeu Sabina.

Eva não fez questão alguma de atenuar seu semblante de desprezo. Após alguns segundos de silêncio, arriscou-se:

— Já sabem o que ela tem?

Sabina fez um gesto positivo com a cabeça, dando mais uma tragada em seu cigarro enquanto mirava um ponto fixo no chão, furtando-se do olhar altivo da irmã mais velha.

— Parece que ela teve um AVC. É um acidente vascular cerebral...

— Eu sei o que é um AVC — Eva a interrompeu.

Sabina suspirou, inquieta.

— Certo. — Detestava lidar com o ego fervoroso da irmã e esquecer de seu diploma de enfermagem decerto não ajudava. — Bom, parece que a coisa foi um pouco grave, e ela está em coma. Os médicos não sabem se ela vai voltar.

Ambas permaneceram caladas durante alguns instantes. Sabina continuava olhando para o chão, e Eva lançava olhares perdidos às pessoas que passavam por ali.

— Eu vou lá dentro ver se consigo conversar com algum médico — anunciou Eva, por fim. — Ver se posso ajudar com alguma coisa.

— Foi o que eu pensei — concordou Sabina, ainda sem encarar a irmã.

— Sabe — iniciou Eva, desta vez olhando firme para a caçula —, eu sempre achei que seria a primeira pessoa para quem ela ligaria se acontecesse alguma coisa. Mas, pelo visto, não fui.

— Ela não ligou para ninguém. Eu estava lá. E, se ela estivesse sozinha, provavelmente não conseguiria pedir ajuda. Foi tudo muito de repente.

— Você estava lá? De madrugada? — Eva pareceu surpresa. — No meio da semana?

Sabina concedeu-se o direito de mais uma longa tragada em seu cigarro antes de responder à irmã:

— Eu moro lá, Eva.

— Ainda? — A mais velha demonstrava menosprezo.

— Sim, ainda.

— Eu não sabia — disse, um tanto quanto inconformada. — Imagino que continue solteira, então.

Sabina esboçou um sorriso sarcástico, pisoteando a bituca do cigarro com o bico do sapato.

— A mulher tem oitenta e quatro anos, Eva. Alguém precisa cuidar dela e, com toda a mais absoluta certeza, esse alguém não é você.

— Sabina, agora *não* é hora disso.

— Não. Não, mesmo — ela interrompeu Eva, aumentando o tom de voz. — Agora não é hora de você me cobrar qualquer coisa que seja, em especial com relação a alguém que você abandonou.

— Eu não abandonei ninguém. Você sabe onde eu moro, você tem meu telefone.

— Você nunca deu a mínima para nenhuma de nós, Eva! A vovó não recebia uma visita sua há anos, e você nem se preocupava em saber como ela estava. Agradeça por não receber meu telefonema só para avisar a data do velório.

Eva silenciou-se. Levou uma das mãos até a ponta dos longos cabelos castanhos, enrolando-os com frenesi.

— Eu vou entrar para conversar com os médicos. É melhor você sair desse frio também — falou, por fim, dando as costas à Sabina.

— Pode ir na frente, eu vou fumar mais um cigarro — disse a caçula, retirando o maço novamente dos bolsos.

Eva a observou em silêncio, cobrindo-a com um indiscreto olhar de reprovação. Em seguida, entrou no hospital.

O franzino corpo da avó jazia deitado em uma enfermaria, onde cerca de dez macas eram divididas umas das outras por cortinas. Não havia, entretanto, nenhum médico ou enfermeiro próximo dali.

Eva procurou pela maca da avó, adentrando as cortinas azuis que a cercavam. Ali, deitada e inconsciente, Irena parecia ainda menor do que a última vez que Eva a vira. A pele ainda mais enrugada; os olhos, cerrados, ainda mais fundos no rosto.

Eva aproximou-se, segurando sua mão, e então encostou-se à maca, observando as intensas feições eslavas da avó. Ao lado, um grande aparelho de superfície metálica apitava de tempos em tempos, registrando os batimentos cardíacos de Irena. O som da cortina fez com que Eva desviasse os olhos na direção do aparelho, observando o reflexo dos cabelos ruivos.

— Definitivamente eu não tenho noção de quanto tempo se leva para fumar um cigarro — enunciou Eva, sem tirar os olhos da avó. — Achei que fosse demorar mais.

Permaneceu, ainda, algum tempo encarando a velha Irena, tão diferente da mulher que ela conhecera. Irena, sempre tão vaidosa, decerto que enlouqueceria ao ver como seus cabelos estavam bagunçados e emaranhados.

— É assustador como somos tão vulneráveis, não é? — indagou Eva. Não houve resposta. — Sabina? — perguntou, buscando a irmã com os olhos por todo o minúsculo quadrado cercado pelas cortinas.

Não havia ninguém ali, além dela e da avó.

Seus olhos, gigantes e maciços
Negros como o ápice das trevas
Percorrem bares, lares e cortiços
Arrastando almas pr'as profundezas

As batidas na porta da entrada despertaram Ingrid de seus pensamentos. Já havia alguns minutos encontrava-se parada em frente à pia, segurando um copo envolto em um pano de prato e olhando fixo para um ponto qualquer na parede.

Dirigiu-se até a porta de entrada, topando com um moço de terno, que segurava um chapéu preto nas mãos e uma maleta de alça da mesma cor pendurada a um dos ombros.

— Bom dia, senhora. Ingrid Jankovicková?— perguntou, com um sorriso cordial no rosto. Ela consentiu com um gesto. O homem prosseguiu: — Meu nome é Dušan Stanislav, sou investigador de polícia. A senhora teria um minuto para responder a algumas perguntas?

Ingrid hesitou, piscando algumas vezes.

— Eu já respondi tudo o que sabia, senhor — disse, por fim.

— Eu sei, senhora, e nós, da polícia, agradecemos muito a sua cooperação. Eu apenas gostaria de fazer algumas complementações.

— Complementações de que, exatamente? — Ela não parecia receptiva. — A polícia continua desconfiando de mim?

O homem abriu a maleta, retirando de dentro uma prancheta. Verificou sem pressa algumas anotações e então proferiu:

— Sim, estou vendo aqui. Morte acidental na privada? Um pouco suspeito, não é mesmo? E havia muito sangue, senhora.

— Ele deve ter ido vomitar e acabou desmaiando. Talvez tenha batido a cabeça, eu não sei.

O homem a observou com cautela por cima da prancheta.

— Sim, senhora.*Causa mortis* afogamento. Eu estou certo de que foi acidental.

Ingrid franziu o cenho, desconfiada.

— Quais complementações o senhor precisa, então? — As ruas ainda eram ocupadas vez ou outra por tanques de guerra soviéticos, e vizinhos delatavam vizinhos por qualquer coisa. Receber um policial em casa nunca era agradável e não se podia esperar que ela estivesse muito à vontade.

— Só mais algumas perguntas, senhora, se não se importar. Eu sei que é horrível ficar revivendo isso, mas prometo que será rápido, tudo bem?

— Senhor, eu já disse — insistiu, bastante temerosa. — Eu já falei tudo o que sabia. E meu advogado me proibiu de dizer qualquer coisa na ausência dele. Por favor, eu peço que o senhor vá embora.

O homem a encarou em silêncio durante alguns instantes, com um semblante inexpressivo. Em seguida, abaixou a prancheta, dando um passo à frente e baixando o tom de voz:

— Senhora, eu acredito no que está me dizendo. Eu realmente acredito. Não acho que a senhora tenha matado seu marido. Entretanto, eu não posso inocentá-la sem a sua ajuda. Veja bem, só estavam vocês dois em casa no momento da morte dele, e estamos falando de um homem adulto que morreu afogado em pouco mais de vinte centímetros de água. Acredite em mim, estou aqui para ajudá-la, mas para isso eu preciso que a senhora coopere comigo. Então vamos entrar, a senhora responde a algumas perguntas, e eu faço o possível para encerrar esse assunto. Pode ser?

Ingrid hesitou, mas acabou cedendo. Um pouco aflita, convidou o investigador de polícia para sentar-se no sofá da sala, enquanto preparava-lhe um chá quente. Em seguida, entregou-lhe uma caneca robusta com o líquido fervente, sentando-se em uma poltrona bem na frente.

— E então? — perguntou, ansiosa.

O investigador de polícia verificou suas anotações mais algumas vezes, balançando uma caneta entre os dedos da mão esquerda e segurando a ca-

M. Sardini

neca de chá com a direita. Fez mais alguns registros e então encarou Ingrid com um sorriso simpático.

— A senhora poderia me contar como era a relação entre você e seu marido?

— A relação? Como assim?

— Como era a dinâmica de vocês? Brigavam muito?

— Brigávamos de vez em quando, como todo casal. Por quê? — Ela o observava atenta.

— Fique tranquila, senhora.Lembre que eu quero ajudá-la. O que eu quero saber é: seu marido já a agrediu alguma vez?

Ingrid manteve-se em silêncio, a expressão do rosto tornando-se mais e mais preocupada.

— Meu... meu marido era um bom homem, sr. Stanislav, se *é isso que o senhor está perguntando*.

— Então ele nunca a agrediu? — O investigador se atentava às mãos de Ingrid, que se remexiam, apertando os dedos uns contra os outros. — Fisicamente, eu digo. Ele nunca foi violento com a senhora?

A moça não respondeu. Os olhos, injetados em silêncio e lágrimas, adquiriam aos poucos uma coloração avermelhada. E então ela desabou em um choro sentido, levando as mãos ao rosto.

— Desculpe — balbuciou, limpando as lágrimas que lhe escorriam impiedosas.

— Não se desculpe, senhora. Tome seu tempo. Eu sei que é um assunto delicado.

— Não é isso. É que... — Ela ainda limpava as lágrimas. — Eu não quero manchar a reputação dele. Meu marido era um homem honrado. Era um apoiador do governo, senhor. Ele não fazia nada de errado.

— Não vai manchar a reputação dele, senhora. Não se preocupe com isso. — O investigador parecia impassível, observando Ingrid com certa indiferença. — Sabemos que seu marido era um cidadão fiel ao governo e isso não mudará. Eu só preciso saber se ele a agredia.

As lágrimas ainda escorriam pelo rosto cansado de Ingrid, denunciando noites maldormidas. Tentando se recompor, a moça *ajeitou-se na poltrona*.

— Ele... ele às vezes ficava um pouco agressivo.

O investigador ergueu as sobrancelhas, retomando suas notas no papel sobre a prancheta.

— Com que frequência?

Ingrid suspirou, apertando uma mão à outra em seu colo. Evitava olhar diretamente para o homem..

— Quando bebia — admitiu, suspirando como se fizesse uma grande revelação. — Ele ficava agressivo quando estava bêbado.

— Certo. E com que frequência ele bebia?

Ela arregalou os olhos, remexendo-se mais uma vez na poltrona. Ainda evitava os olhos curiosos do policial.

— De vez em quando — denunciou.

— A senhora saberia dizer uma média? Quantas vezes na semana, por exemplo?

— Isso é mesmo necessário, senhor? Qual a relevância disso para o caso?

Ele a encarou, esboçando um sorriso.

— Como eu disse, senhora, eu só estou tentando ajudá-la, porque confio que a senhora está dizendo a verdade.

Ingrid suspirou, resignada.

— Ele bebia quase todos os dias, senhor. — O depoimento era carregado de vergonha. — E, sim, ele já me agrediu fisicamente. Várias vezes.

— A-ham. Certo. — Escreveu mais alguma coisa, e então tornou a encarar a moça. — E aconteceu alguma coisa de diferente naquela noite, senhora?

— Eu já contei tudo isso para a polícia, senhor. Já disse tudo o que aconteceu.

— Sim, sim. Mas, se não me engano, a senhora viu algum animal próximo à sua casa naquela noite, estou correto?

— Na verdade — ela iniciou, franzindo as sobrancelhas e encarando o chão, como se tentasse conectar-se à sua memória. —, eu não me lembro de ter dito isso para a polícia.

— Eu estou errado, então? Será que estou confundindo com algum outro caso?

— Não, eu… — Ela parecia desorientada. — Na verdade, eu não vi nenhum animal, mas acho que tinha algum, sim.

O investigador pareceu satisfeito, colocando sua prancheta ao lado, no sofá, e inclinando-se para frente. Apoiou os cotovelos sobre os joelhos e envolveu a caneca com as duas mãos espalmadas.

— Conte-me mais sobre isso. — Seus olhos agora pareciam reluzir, fitando-a com interesse forense.

— Na noite em que Marek morreu... — Ela ainda olhava para baixo, como se buscasse as lembranças em algum lugar sombrio da memória. —...nós ouvimos batidas na porta da entrada. Quando fui atender, não havia ninguém. Eu achei estranho, porque já era bem tarde e estava muito frio. A rua parecia deserta, mas eu vi pegadas na neve.

— Pegadas?

— Sim... — *As memórias pareciam* voltar a galopes. —...mas não de uma pessoa. Eram pegadas de algum bicho. Achei que talvez fosse de algum cachorro de rua.

— E onde estavam essas pegadas? — Os olhos do investigador quase saltavam em direção à moça.

— Elas vinham da calçada, em direção à entrada da casa. Mas, da segunda vez que ouvimos batidas na porta, Marek saiu para ver se era alguma criança aprontando. E não encontrou nada. Nem crianças nem o cachorro.

— Ele também viu as pegadas?

— Viu.

— Perfeito, senhora! — exclamou, dando um generoso gole no chá quente e guardando a prancheta de volta na maleta. — Isso é tudo. Eu agradeço muito o seu tempo e sua disposição em ajudar a polícia. Farei o possível para mostrar sua inocência.

— Sr. Stanislav — Ingrid o chamou, enquanto o homem levantava-se do sofá —, o que... — Ela fez uma pausa. O investigador parou, já virado para a porta, e aguardou a pergunta. Ela continuou: — O que isso quer dizer? Digo, o cachorro. O que o cachorro tem a ver com a morte do meu marido?

Ele a observou, em silêncio, durante alguns segundos. E então respondeu, inexpressivo:

— Não faço a menor ideia, senhora. — O investigador terminou de fechar sua maleta, encaixando-a novamente nos ombros, e dirigiu-se para a saída. — Obrigado pelo chá. Estava ótimo.

Ingrid levou alguns segundos para acompanhá-lo, encarando-o com uma expressão atrapalhada. O investigador de polícia abriu a porta da entrada, andando em direção à rua. Antes que pudesse alcançar seu carro, um discreto veículo preto que jazia estacionado bem em frente, Ingrid o alcançou:

— Senhor — disse, atônita.

— Pois não? — O investigador virou-se.

— Perdoe-me, mas... como o senhor sabia? Do cachorro?

Ele sorriu, abrindo a porta do carro.

— Eu não sabia, senhora — respondeu, ajeitando a maleta no banco de trás. — Por isso perguntei. — E, antes de sentar-se no banco do motorista e fechar a porta, esclareceu: — E não era um cachorro, era uma raposa.

Antes que Ingrid pudesse dizer mais alguma coisa, o investigador fechou a porta do carro, dando partida. Assim que o veículo saiu da frente da casa e virou a esquina, o homem lançou um olhar para os pés do banco do passageiro, balançando a cabeça, inconformado, ao notar que a enorme mancha de sangue não saíra do tapete.

Balança, livre, ao vento
O pelo macio e escarlate
No berço, chora o rebento
No chão, em sangue se debate

Pilsen[2], 1960

Tili-tili-bom[3]
Zakroyglazaskoreye
Kto-to khodit za oknom
I stuchitsya v dveri.

Tili-tili-bom
Krichitnochnayaptitsa
On uzheprobralsya v dom
K tem, komu ne spitsya.

On idet on uzheblizko.

---

2 Cidade da antiga Tchecoslováquia, atual República Tcheca, um ano antes da construção do muro de Berlim.
3 Canção de ninar russa. Em tradução livre: "*TiliTili Bom*. Feche seus olhos agora. Alguém está andando do lado de fora da casa e está batendo na porta. *TiliTili Bom*. Gritam os pássaros da noite. Ele já conseguiu entrar na casa para visitar quem não consegue dormir. Ele caminha...Ele está chegando... Perto!" Letra completa em nota final.

Era a única canção de ninar da qual Eva se recordava. Quando segurou a irmã de dois meses no colo pela primeira vez, uma mistura de sentimentos antagônicos a invadiu. Parte dela sentia empatia e carinho por aquele ser humano minúsculo, de bochechas rosadas, cujos lábios se mexiam de forma compulsiva e até mesmo engraçada, em um movimento de sucção instintivo. Mas havia uma outra parte dela, entretanto, que sentia repulsa. Não pela criança em si, mas pelo que ela representava.

Eva não sabia ao certo como deveria segurar um bebê tão pequeno. Aliás, nunca tivera muito contato com crianças menores em todos os seus quatorze anos de vida e agora, por alguma razão, sentia-se responsável por aquele corpo frágil e vulnerável. Ajeitou a criança no colo, receosa, e olhou para a avó.

Irena jazia postada, em pé, pouco ao lado das duas netas, observando-as com os olhos mergulhados em lágrimas. Era tudo recente demais para que conseguisse assimilar com clareza. A única coisa da qual tinha certeza era que agora aquelas duas meninas dependiam dela. De fato, Eva já dependia dela desde os quatro anos de idade, quando Bianka, sua mãe, foi internada em uma clínica de recuperação para dependentes químicos, e Irena ficou com a tutela da neta, cujo pai era desconhecido. Mas agora também tinha a tutela de Sabina, e desta vez não era por conta de outra internação de Bianka.

Ouvir tudo aquilo dos policiais havia sido a segunda coisa mais dolorosa de toda a sua vida. A segunda, sim, porque ainda mais doloroso era contar para Eva. Não contou com todos os detalhes, por óbvio. Não havia necessidade. Mas Eva soube do que importava: que a mãe estava em um quadro grave de depressão pós-parto e que se jogou do telhado do prédio onde morava.

Irena, contudo, poupou a neta das minúcias do laudo do legista: o crânio despedaçado de Bianka; que o impacto da batida da cabeça contra o chão fora tão intenso que os olhos de Bianka saltaram da órbita; que o cérebro se desfizera e havia partes de massa cinzenta por todo o estacionamento do prédio; que ela ainda respirara durante alguns segundos antes de morrer, porque havia líquido nos pulmões e suas narinas estavam submersas em seu próprio sangue.

Irena também poupou Eva de outra particularidade da morte de sua mãe: a carta que deixara na caixa de correspondências de Irena no mesmo dia em que cometeu o suicídio. Borbulhando um estado emotivo, Bianka despejara naquelas páginas o que acreditava ser a solução para um grande problema. Nada que Irena já não soubesse, na verdade, e sentia-se culpada por aquilo. Por todos os traumas de infância de Bianka, e agora pelos mais recentes, que, sem nenhuma falta, foram registrados ali, em letras trêmulas e manchadas, denunciando o pânico e o pranto da filha em seus últimos minutos. Porém, uma parte em especial fizera o coração de Irena parar por alguns instantes.

"Elas rondavam a casa, rondavam o carro. Estavam sempre por perto, como se me observassem, como se me esperassem."

Como se me esperassem.

Irena repetia a frase mentalmente enquanto olhava para aquela cena. Sua querida Eva, tão moça, segurando aquele pequeno corpo indefeso nos braços e cantarolando alguma coisa.

Como se me esperassem. E agora estavam ali, suas duas netas, dependendo dela para sobreviver.

Tudo o que Irena sabia do pai de Sabina era que se tratava de um homem casado e que se negara a assumir a paternidade da criança. Isso, no entanto, não importava. Por um lado, era até melhor. Dessa forma, Irena tinha sob sua guarda as duas últimas pessoas que carregavam seu sangue e sua cruz. Ou talvez não carregassem mais a cruz, graças à Bianka.

Irena aproximou-se das netas, sentando-se ao lado de Eva e resvalando a ponta dos dedos sobre a macia penugem ruiva que nascia do topo da cabeça de Sabina.

— Você sabe que eu estou aqui sempre que quiser conversar, certo? — disse Irena. Eva não respondeu. — Se você quiser falar sobre como está se sentindo, ou chorar...

A jovem a interrompeu, um pouco impaciente:

— Eu estou bem, vó.

Irena suspirou. Eva, de fato, aparentava não estar abalada com o suicídio da mãe. A bem da verdade, Eva nunca aparentava nada. Inexpressiva, quieta, mantendo-se funcional, independentemente das circunstâncias.

— Filha... — Era como chamava a neta após tantos anos criando a menina. —...*é normal não estar bem em uma situação como essa.*

A jovem dirigiu um olhar inerte à avó.

— Para mim não fez diferença, vó. Mesmo. Não mudou em nada a minha vida, exceto que agora temos um bebê em casa — afirmou, erguendo os braços e devolvendo a criança para Irena. — Eu cansei de segurá-la. Meus braços estão doendo.

Quando Eva se retirou da sala, trancando-se no quarto, Irena agarrou-se aos cobertores brancos que enrolavam o frágil corpo de Sabina, que ainda estava em um sono profundo, e não pôde evitar banhá-los com seu lamento.

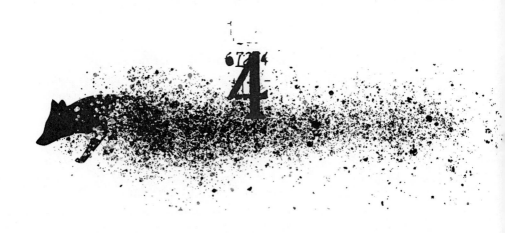

Nada foge aos olhos dela
Que a tudo, de longe, espreita
É como uma sentinela
Em uma vigia perfeita

Brno, 1988

—Qual é o seu problema? O que há de errado com você?

Foi o que Eva dissera naquela noite à sua filha, Martina. E aquele diálogo durante o jantar a açoitava sem trégua enquanto ela colocava uma troca de roupa dentro de uma bolsa preta. Teria sido muito rígida com a filha? Mas Martina precisava entender que os pais apenas queriam o melhor para a vida dela.

— *Como assim você não quer mais se casar?*

— *Eu não disse que não quero, mãe. Eu disse que não sei se quero.*

— *Tina, isso é normal. Casamento é um passo muito grande na vida, e ter dúvidas nas vésperas é natural. Todo mundo passa por isso.*

— *Mas eu não sei se é isso que eu quero para minha vida.*

— *Você não ama o Sebastian?*

— Amo. — Martina fez uma pausa. — Eu acho.

— Filha, acho que você está se preocupando à toa. Dar um passo desses assusta, mas vai ficar tudo bem. O Sebastian é um menino maravilhoso, muito educado, gentil, e se preocupa com você.

— Não é isso, mãe. O Sebastian é ótimo. Não é ele o problema, sou eu.

— Tina, todo mundo passa por isso. Só não vá surtar nas vésperas do seu casamento e criar uma situação constrangedora para todo mundo. — Eva começava a demonstrar os primeiros traços de impaciência.

Martina suspirou, angustiada. Baixou a cabeça, tomando fôlego.

— Eu conheci outra pessoa.

Eva silenciou-se, olhando fixo para a filha.

— Você o quê?!

— Não significa que eu me apaixonei por outra pessoa. É só que talvez eu não queira me casar.

Eva manteve-se ainda em silêncio durante alguns segundos, revezando olhares furiosos entre a filha e o marido, que a tudo assistia.

— Martina, qual é o seu problema? O que há de errado com você? — explodiu, raivosa. — Você não quer ter a sua própria família? Ter filhos? Construir uma vida ao lado de alguém que a ama?

— Eu... não sei. — A voz de Martina era quase inaudível.

— E, se você não quer se casar, pretende fazer o quê da vida, então? Porque agora você está nova e bonita, mas um dia ficará velha, enrugada e sozinha.

— Sua irmã não se casou, certo? — arriscou Martina, os olhos pregados ao chão.

— Minha irmã? — Aquilo parecia ter sido o golpe de misericórdia para Eva. — O que você sabe sobre a Sabina, Martina? Você não sabe nada sobre ela. E minha família não é e nunca será padrão a ser seguido. — Pausou por instantes, observando a respiração já ofegante. — Mas não, ela ainda não se casou. E você quer saber quem também não se casou? Minha mãe. E sabe como ela terminou?

Martina levantou os olhos, encarando, com receio, o olhar penetrante da mãe. Eva prosseguiu:

— Ela terminou pulando de um prédio.

As duas se entreolharam, em silêncio. Martina voltou a baixar a cabeça.

— Eu não sabia.

— É, não sabia, mas agora sabe. E minha mãe era uma mulher louca, Martina. Diferente de você, que tem tudo. Você é uma ingrata. Tem um noivo ótimo, que a ama, que quer construir uma família e dar tudo o que você me-

M. Sardini

rece. E o que você faz? Arranja outra pessoa? Nas vésperas do seu casamento? Francamente, minha filha! Você só vai aprender a valorizar o que tem quando perder tudo?

— *Mas eu...*

— *Esse assunto terminou, Martina!* — *Eva levantou-se da mesa. Antes que se retirasse da cozinha, lançou um último olhar de desgosto à filha.* — *O que há de errado com você?*

Eva fechou o zíper da bolsa, ajeitando-a sobre os ombros, e defrontou o espelho que havia em seu quarto. Repassava na cabeça aquele diálogo repetidas vezes. Sentia-se culpada, mas a ideia de ver Martina trilhando os passos das mulheres de sua família era inconcebível. E doloroso. Além disso, ouvir a filha se comparando à Sabina havia sido nauseante. A única vez em que as duas se encontraram pessoalmente fora no dia do nascimento de Martina, ainda na maternidade. Depois, Eva fez o possível para criar a filha longe dos olhos da irmã e da avó. Queria que Martina seguisse os exemplos da família paterna, estruturada e unida, e não os de sua família disfuncional.

O mais curioso — ah, como a vida podia ser irônica! — é que naquele momento, ali sentados à mesa do jantar, Eva se dera conta do quanto a filha era parecida com Sabina. O mesmo formato das sobrancelhas, o mesmo nariz proeminente, os lábios finos e rosados, a mesma cor de cabelo.

Eva gostava de pensar que Martina ostentava fios acobreados em razão da ascendência escocesa de Ian. Ela própria não era ruiva, mas Sabina era. Assim como fora Bianka, sua mãe.

Do rosto da mãe, Eva tinha poucas recordações. Também não se esforçava muito. E a última vez que encontrara Sabina— até dois dias atrás — havia sido no nascimento de Martina, quando Sabina tinha sete anos. Agora, contudo, vira a irmã adulta, e não muito mais velha que sua filha. Ambas tão parecidas que decerto se passariam por gêmeas sem grandes dificuldades.

O que mais a assustava, entretanto, era que Martina tivesse também o gênio de Sabina. Pelo pouco que acompanhara da vida da irmã, em geral pelos relatos da avó ao telefone, sabia que ela herdara muito do jeito da mãe. Aquilo com certeza era alguma doença que assolava quase toda a família. Ninguém ali era normal, e talvez seus esforços em criar a filha próxima à família paterna não tivessem sido suficientes para blindá-la de um possível desequilíbrio mental. Talvez aquilo fosse genético. Talvez um médico pudesse ajudá-la.

Eva balançou a cabeça, como se isso pudesse afastar seus pensamentos. Ajeitou de novo a bolsa no ombro e saiu pelo corredor. Ao final deste, na sala, Ian e Martina assistiam ao noticiário. A luz da televisão iluminava parcamente o recinto.

— Eu já estou de saída — disse Eva. — Devo voltar amanhã depois do almoço.

Ian levantou-se.

— Tem certeza de que quer fazer isso?

— É minha avó — respondeu. — Apesar dos pesares, ela ainda é minha avó. Além do mais, a Sabina pediu minha ajuda, e imagino que ela não faria isso se não fosse mesmo necessário.

— Está bem — disse Ian, dando um beijo na testa da esposa. — Fique bem. Que Deus a acompanhe.

Martina continuava sentada na poltrona, os olhos fixos na televisão. Eva aproximou-se, depositando uma mão por sobre o ombro direito da filha.

— Eu perdi alguma coisa importante do noticiário de hoje? — perguntou, forçando uma voz doce.

— Acho que nada demais — respondeu Martina, indiferente. — Talvez a morte do Ctibor.

— Quem?

— Ctibor, aquele mágico. Ele é famoso.

— Não sei se conheço.

— É um que sempre aparece na televisão. Enfim, morreu.

— Morreu de quê? — Eva tentava demonstrar interesse.

Martina mantinha-se apática.

— Um acidente durante uma apresentação. — Fez uma pausa, olhando para o relógio. — Você não vai se atrasar?

— Sim. — Eva obrigou-se a sorrir. — Já estou saindo. Fiquem com Deus.

No caminho para o hospital, Eva continuou a remoer a discussão que tivera com a filha. Adorava o genro, Sebastian, e ele também era de uma família bem estruturada, o que o deixava ainda mais atraente. Tudo o que ela queria era que a filha tivesse uma vida normal e feliz. Sabia bem o que as pessoas diziam de sua mãe quando era viva, ou mesmo de sua irmã, e não desejava aquilo para a filha.

Já na rua do hospital, parou o pequeno e velho carro pouco abaixo do semáforo. Passou as mãos pelos cabelos castanhos, prendendo-os em um coque no topo da cabeça, e então recostou-se na janela, apoiando-se pelo cotovelo. A discussão com Martina havia sido apenas a gota d'água, depois de descobrir que a avó tivera um AVC, que estava em coma, que poderia morrer a qualquer momento. Apesar de manter distância da família, ver a avó naquele estado não era fácil.

Lançou um olhar cansado na direção do semáforo, vagando os olhos, de relance, por sobre o retrovisor central. A rua estava escura, assim como o interior do veículo, mas não o bastante para que o vulto sentado no banco de trás não fosse visível.

Eva retornou os olhos para o retrovisor, avistando-a perfeitamente: era uma mulher com longos cabelos que lhe caíam sobre a face, em um aspecto molhado.

Em um sobressalto, virou-se para trás, olhando direto para o banco do carro. Não havia nada além de sua bolsa preta e um livro ali. Confusa, checou outra vez o retrovisor, que não mostrava mais que os faróis dos demais carros.

A buzina do veículo de trás a fez notar o sinal verde. Desordenada, passou a primeira marcha, desculpando-se com um gesto de mão. Dirigiu até o estacionamento do hospital. Um vento congelante adentrou o veículo quando Eva abriu a porta, alcançando o chão coberto de neve com suas botas. O carro não possuía porta traseira, de modo que era necessário empurrar o banco da frente para se ter acesso ao banco de trás. Com um pé no interior do veículo e outro firmado na neve, Eva projetou o corpo para dentro do automóvel, puxando sua bolsa pela alça. Apanhou também o livro, cuja capa bege sem título escondia em seu interior, dentre outros, o conto "Risíveis Amores" — *Smĕšnélásky*, em tcheco —, do então autor proibido, Milan Kundera.

Antes de retirar-se do carro, todavia, Eva estendeu a outra mão até o banco, tateando os assentos. A penumbra da noite não lhe permitia ver muita coisa, mas era certo o que a palma de sua mão lhe dizia: no assento central, onde vira aquela mulher pelo retrovisor, havia uma grande e saliente área úmida.

A água adentra o pulmão
Ela, histérica e ardente,
Gargalha até a exaustão
Deliciando-se com o incidente

O veículo preto estacionou no fim da rua, logo abaixo da sombra de uma árvore. O homem ajeitou o chapéu no topo da cabeça, lançando um último olhar preocupado para o tapete do carro. A mancha de sangue não sairia, e ele teria que trocar de tapete. Trocaria quando desse, sem pressa. Não era nada absurdo que houvesse manchas de sangue no interior de seu veículo. Seria fácil justificá-las. Vez ou outra carregava algum rebelde no carro — em geral no porta-malas, mas isso era apenas um detalhe, sobre o qual ele poderia pensar com mais calma — rumo à sede do Partido Comunista, que ele apelidou de "sala dos réus".

E com certeza ninguém lhe repreenderia por arrancar um pouco de sangue dos "baderneiros". Certo que não. Era provável até que lhe parabenizassem. Sim, essa seria a história que contaria, caso alguém lhe indagasse a respeito daquela mancha. Sorriu, satisfeito, abrindo a porta do carro.

Deu a volta no veículo, abrindo também o porta-malas, que aparentava estar vazio. Ergueu o fundo falso, revelando um arsenal digno de nota, mas não sem antes verificar a rua. Agarrou uma puída adaga de ferro envolta em uma bainha de couro, escondendo-a sob a meia, no tornozelo direito, e então dirigiu-se à entrada da casa. Após algumas batidas na porta, uma mulher atendeu.

— Anastázie Nováková? — indagou o homem, sorridente, tirando o chapéu da cabeça.

A moça que abriu a porta trazia no rosto grandes olheiras, a aparência esquálida, os olhos vermelhos e levemente inchados.

— Pois não?

— Meu nome é Oleg Dvořák, sou investigador de polícia. A senhora teria um minuto para responder a algumas perguntas relacionadas à morte do seu marido?

Anastázie suspirou, olhando-o com um semblante cansado, e então concordou.

— Eu não sabia que a morte dele era assunto de polícia — desabafou, sentando-se em uma poltrona e fazendo um gesto para que o homem também se sentasse. — Vocês sabem de alguma coisa que eu não sei?

— Creio que não, senhora. — O investigador tinha uma voz tranquila. — Acreditamos que tenha sido apenas um acidente, mas gostaríamos de descartar qualquer possibilidade de algum ato premeditado.

A moça estatelou os olhos vermelhos, passando as mãos pelo cabelo.

— O que o senhor quer dizer com "ato premeditado"? O senhor diz… de alguém ter feito de propósito?

— Estou seguro de que não é o caso, senhora. Mas preciso cumprir o meu dever.

Anastázie antecipou-se:

— Pode ter sido a amante dele?

Os olhos surpresos do investigador de polícia a fitaram com interesse.

— Amante?

— Eu juro que eu não tenho nada a ver com isso, senhor. Eu nem sei mexer naquele negócio. Mas, se alguém poderia querer o mal do meu marido, talvez fosse a amante.

— Ahn… certo. A senhora pode me contar melhor sobre isso?

Anastázie levantou-se, andando, agitada, pela sala.

— Eu descobri há pouco mais de uma semana — começou, a voz chorosa. — Já fazia alguns meses que ele andava estranho comigo. Ausente, distante. Sempre ficava fora até tarde. Dizia que estava treinando alguns truques novos, que precisava praticar com o resto da equipe, mas eu sabia que tinha alguma coisa errada. E então eu o segui.

O investigador de polícia a mirava com os olhos vidrados. Anastázie balançava as mãos em gestos frenéticos, ora mexendo no cabelo, ora na roupa, ora apertando uma mão contra a outra.

— E o vi com outra mulher — continuou. — Quando ele voltou para casa, eu não pude evitar de confrontá-lo. — Ela ergueu uma das mangas da blusa, revelando um grande hematoma. — Ele ficou furioso. Disse que eu não deveria segui-lo, que aquilo era absurdo. Que era tudo culpa minha.

— É mesmo? — O investigador recostou-se na poltrona, não escondendo o semblante satisfeito.

— Ele estava apaixonado por ela. Dava para notar. — Sentou-se, trêmula, na poltrona, de frente para o investigador. Seu corpo todo tremia, e os olhos não conseguiam conter as lágrimas. — Eu não sei o que pensar, senhor. Não sei se ela faria mal a ele.

— Tudo bem, senhora. Vamos com calma. — Ele disse, curvando-se para frente. — Desde quando Ctibor fazia aquele truque?

— Da caixa d'água? Eu não sei, mas era recente.

— A senhora saberia me dizer como funcionava o truque de mágica?

Anastázie pensou durante alguns segundos.

— Salvo engano, o cadeado da tampa era falso. A caixa parecia trancada, mas abria facilmente por dentro.

— Entendo. Mas ele ficava amarrado e de cabeça para baixo, estou correto?

— Sim. Ele era suspenso por um gancho e mergulhava na caixa de cabeça para baixo. Quando as cortinas desciam, ele empurrava a tampa com os pés e a abria. A assistente fazia um nó específico nas mãos, que era um pouco frouxo, e ele conseguia soltar rápido. E então ele usava as mãos para soltar o nó dos pés.

— Foi verificado se a assistente fez os nós corretos?

— Sim, os nós estavam corretos, mas ele nem chegou a soltar as mãos.

— E quanto à tampa? Houve alguma modificação?

Anastázie balançou a cabeça de um lado para o outro.

— Não, o cadeado da tampa era o de sempre. Não havia nenhuma mudança na caixa.

O investigador de polícia suspirou, voltando a encostar-se na poltrona.

— Então, as chances de alguém ter boicotado o truque são mínimas, certo? Pelo visto, nada saiu dos conformes, exceto pela atuação de Ctibor.

Anastázie baixou a cabeça, fitando um canto do chão durante um longo instante. No fundo sabia que sua suspeita da amante do marido não fazia sentido. Sequer se lembrava de tê-la visto na apresentação, e Anastázie estava nos bastidores. Decerto que teria notado a presença da mulher que lhe causava tanto mal-estar.

— Eu... eu não sei, senhor — disse, por fim. As lágrimas rolando pela face abatida. — Eu não sei o que pensar. Desculpe-me.

A moça cobriu o rosto com as duas mãos espalmadas, entregando-se a um choro copioso, por entre pedidos sufocados de desculpa. O investigador de polícia aguardou por um momento e então curvou-se para frente, perguntando:

—A senhora se lembra de ver alguma coisa diferente no dia? Qualquer coisa?

Anastázie tirou as mãos do rosto, agora vermelho. Olhava para o canto esquerdo, balançando a cabeça em um gesto negativo.

— Entendo — disse o investigador de polícia, levantando-se da poltrona. — Bom, senhora, acho que se trata de um acidente. Tudo foi feito conforme o combinado, e não houve nenhum boicote ao truque de mágica de Ctibor. Eu sinto muito por sua perda e principalmente por toda a situação. E peço desculpas por fazê-la reviver tudo isso.

A mulher manteve-se sentada, ainda olhando para o chão. Em seguida secou as lágrimas, levantando-se, e dirigiu-se à porta.

— Eu que peço desculpas, senhor. Desde o acidente eu estou fora de mim.

— É compreensível.

O investigador recolocou o chapéu no topo da cabeça, ajeitando-o, e então despediu-se, voltando para seu veículo. Já suspeitava que não houvera nenhum boicote ao truque de mágica do grande Ctibor, mas precisava ter certeza dos detalhes. Era evidente que alguma outra coisa o fizera perder a consciência e afogar-se dentro daquela caixa. A certeza era ainda maior depois do relato de Anastázie sobre o caráter de seu marido. Era o tipo de coisa que "a coisa" gostava.

Mesmo em período latente
Quando, às vezes, desaparece
Está sempre presente
Por trás de tudo o que acontece

Pilsen, 1959

O estalo da palma da mão de Ester contra o rosto de Eva ecoou por todo o pátio do colégio. Desde pequena, Eva acostumara-se a ser excluída das brincadeiras no parquinho e festas do pijama. Seu pesadelo era os trabalhos em grupo. Todos da sala corriam para se unir aos amigos, enquanto ela ficava sentada na carteira, aguardando que o professor a encaixasse em um grupo qualquer. Mas levar um tapa na cara no meio da escola era novidade.

Eva tinha poucos amigos, se é que assim podia chamá-los. A grande maioria das pessoas mantinha certa distância. Alguns a olhavam com cara de desprezo, outros com nojo, e outros, ainda, com dó. Era o caso de Ester, que a acompanhava algumas vezes durante os intervalos das aulas, mas dissera-lhe que sua mãe não poderia ficar sabendo. *Ela me pediu para não andar com você. Disse que você é uma má influência*, contou-lhe, certa vez, desculpando-se por convidar as amigas para uma reunião em sua casa e excluir Eva.

A garota fingia não se importar. Costumava responder que estava tudo bem, ou que não fazia questão de ir — quando as respostas eram mais grosseiras —, mas sempre pedia para ir ao banheiro durante a aula seguinte. Verificava se todas as cabines estavam vazias e, somente então, encolhia-se sobre a tampa fechada do vaso sanitário. E chorava. O mais baixo que conseguia, abafando o som com as mãos sobre a boca. Depois lavava o rosto, retornando para a sala de aula vestida da sua melhor cara de indiferença.

No início foi mais difícil lidar com essa situação, em especial por não a entender. Não tardou, todavia, a compreender do que se tratava: Eva era filha de mãe solteira e criada por uma avó viúva. A avó, Irena, que perdera o marido na guerra, durante a invasão alemã de 1939, tinha fama de nunca estar na plenitude de suas faculdades mentais. Desde pequena, tinha crises de pânico, mania de perseguição e, depois da morte do marido, ficara ainda mais paranoica e neurótica. Com certa frequência agitava-se, andando de um lado para o outro da casa antes de dormir, e não raro acordava gritando durante a madrugada. Boatos diziam que, quando moça, tentara afogar a filha, Bianka, em uma banheira, dizendo que precisava salvá-la. Mas Eva não sabia se acreditava nisso ou não. Sabia, entretanto, que as crises de pânico da avó eram frequentes, e que ela tinha comportamentos neuróticos e muito peculiares.

Traumas de infância, ela dizia.

Não obstante, a fama de Bianka não era tão melhor que a de sua avó. Na verdade, era até pior. Antes fosse conhecida por ser louca — o que, apesar dos pesares, não seria culpa dela —, mas era conhecida por ser puta.

Puta e drogada, era o que todos diziam. Bianka era uma mulher de beleza excepcional e atraía os olhares masculinos da cidade sem muito esforço — às vezes, até alguns olhares femininos. Eram fartos os rumores sobre os numerosos casos da moça com o motorista do ônibus, com o porteiro da escola, com o padeiro, o eletricista, o encanador, o jornaleiro, o maquinista.

Alguns homens, inclusive, chegavam a se apaixonar e pedi-la em casamento; pedido esse que era sempre negado. Bianka gostava de sua liberdade e não pretendia abrir mão dela.

Eva, que mal tinha contato com a mãe, conhecia muito bem a fama, mas preferia abster-se de quaisquer comentários a respeito. Sentia raiva da mãe, ao mesmo tempo em que sentia raiva de quem falasse mal dela. Mas, acima de tudo, sentia falta dela.

Bianka sempre fora uma mãe ausente, displicente e desinteressada. Não estava lá no primeiro dia de aula de Eva, não estava lá quando Eva aprendeu a andar de bicicleta, não estava lá nos aniversários, nas Páscoas, nos Natais. Cobria Eva de promessas — *desta vez vai ser diferente, desta vez eu vou mudar, desta vez eu venho no seu aniversário* —, descumprindo uma por uma logo em seguida, e Irena fazia o possível para manter a neta longe das recaídas químicas da filha. Ousava até se responsabilizar pelas atitudes de Bianka, dizendo que ela própria fora uma péssima mãe e que sentia muito medo de criar vínculos afetivos com alguém.

Apesar disso, Bianka continuava sendo sua mãe, e Eva forçava-se a acreditar quando ela dizia que tudo seria diferente dali para frente. Nunca era, mas Eva agarrava-se à esperança, na ânsia de ter sua mãe por perto. Como uma família normal, como a mãe de suas amigas. Desejava que Bianka fosse buscá-la na saída da escola, que fosse assisti-la nas apresentações do coral. Que visse os desenhos e bilhetes que Eva confeccionava, e talvez os pendurasse na porta da geladeira, como as outras mães faziam.

Mas, quando a palma da mão de Ester estalou em seu rosto, no meio do pátio do colégio, alguma coisa mudou.

— Sua filha da puta! — gritou a menina, furiosa, encarando Eva com os olhos marejados. — Sua vagabunda. Minha mãe tinha razão sobre você e aquela corja da sua família.

Os demais estudantes se aproximaram, formando, curiosos, um círculo ao redor das duas. Eva olhava fixo para a garota, as pupilas dilatadas, o olhar estático, sem nada dizer. Uma farta lágrima desprendeu-se dos olhos de Ester. A menina tomou fôlego e continuou seu furor:

— Aquela puta da sua mãe — falou, alto e de maneira pausada — estava tendo um caso com o meu pai! — Uma onda de cochichos se espalhou pelo pátio. À medida que falava, Ester ficava mais e mais ofegante: — Você ouviu o que eu disse, Eva? A vadia da sua mãe estava abrindo as pernas para o meu pai! Na minha casa! Na cama da minha mãe!

Ester não conseguia mais conter o choro, que se misturava a um bufar fumegante. Seus olhos brilhavam como lâminas afiadas, encarando Eva de forma ameaçadora. Esta, por sua vez, mantinha-se estática, sem mover nada além dos olhos, em silêncio.

— Fale alguma coisa, sua cretina! — gritou, agarrando Eva pelos ombros e chacoalhando-a.

O sacolejar pareceu despertar a menina de um transe, um estado de choque. Eva piscou algumas vezes, sentindo singelas lágrimas brotarem nos olhos, e então gaguejou:

M. Sardini

— Se... — iniciou, calando-se logo em seguida.

— "Se" o quê? Fale! Fale, sua vagabunda! Fale que eu quero ouvir! — Ester estava histérica.

Eva retomou:

— Se a minha mãe abriu as pernas para o seu pai — disse, em tom baixo, sob o olhar acusador de Ester —, significa que seu pai deliberadamente comeu a minha mãe. E se, além de tudo, ele fez isso na cama da *sua* mãe, isso não significa que *ele é um bosta*?

Ester arregalou os olhos, expirando de maneira tão intensa que suas narinas se abriram. Em seguida, acertou a mão espalmada no rosto de Eva mais uma vez, com tamanha intensidade que seus dedos ficaram marcados na bochecha da garota durante alguns minutos.

— Nunca mais dirija a palavra a mim, seu verme. — As palavras de Ester propagaram-se por Eva como tijolos, pesando-lhe muito mais do que os tapas, que ainda latejavam no rosto.

Eva sequer se lembraria da reação das pessoas que assistiam àquele circo. Apenas dirigiu-se à sua mesa, finalizando seu lanche em silêncio e sem derramar uma lágrima sequer. Quando o sino da capela central anunciou o fim do intervalo, os alunos retornaram às suas respectivas salas de aula, com exceção de Eva.

A garota aguardou, paciente, que todos se dissipassem do pátio e então levantou-se da mesa, caminhando até a capela da escola. O interior estava vazio, e cada passo firme cravado no chão ecoava, retumbante, pelas paredes do oratório.

Percorreu todas as fileiras de bancos até a primeira, mais próxima do altar. Ajoelhou-se no genuflexório, encostando na madeira o pouco de pele que ficava à mostra entre a barra da comprida saia e a meia branca do uniforme, e então encarou com avidez a imagem de Jesus pregado à cruz.

— Qual é o seu problema? — vociferou, sem se preocupar se alguém a ouvia. — O que é que eu fiz para você me foder deste jeito? — A voz de Eva estrugia por toda a capela. — Já não basta ter uma avó louca, uma mãe drogada, não ter um pai, e agora essa? Pelo visto, eu não posso ter amigos também! Eu não posso ter merda nenhuma! — Os olhos de Eva cuspiam cólera sobre a estátua no altar. — Sabe o que eu acho? Que você é um filho da puta. Você, Deus, e essa corja toda! — Varreu com os olhos as imagens santas pintadas no teto da capela. — Acho que poderia acabar essa palhaçada de vir aqui rezar, orar, pedir, implorar por alguma coisa, como se alguém estivesse ouvindo. Não tem ninguém ouvindo, não é mesmo? Não tem merda de Deus nenhum aqui!

Eva calou-se durante alguns instantes, ouvindo, ainda, o eco de sua voz contra as paredes do lugar. Não conteve o choro explosivo, encostando a cabeça contra as mãos entrelaçadas e encolhendo-se no genuflexório. Permaneceu ali por um bom tempo, vergada, em prantos, até ouvir, ao longe, alguém chamá-la pelo nome. Era provável que houvessem notado sua ausência na sala de aula e agora a procuravam pelo colégio.

Eva esfregou a face com as mãos, secando as lágrimas, e então se levantou, ajeitando a barra da saia. Avançou até a saída, detendo-se pouco antes de alcançar a porta. Estendeu um último olhar ao altar, à estátua de Jesus Cristo, virando a cabeça em sua direção.

— Sabe o que eu queria? Que ela morresse!

E, reavendo suas habituais feições apáticas, encaminhou-se para fora da capela.

Com ela, não existe conversa
Não há nada mais evidente
É tudo preto no branco
Olho por olho, dente por dente

Brno, 1988

O irritante apito da máquina do hospital soava segundo a segundo. Eva tentava concentrar-se em seu livro de contos, sem muito êxito. Com as cortinas fechadas, enclausurada em um pequeno espaço, jazia sentada à cadeira, ao lado do corpo inconsciente de Irena.

Fechou o livro sobre seu colo, observando o rosto da avó. Da última vez que a vira acordada, anos antes, suas feições não eram tão marcadas pelas linhas de expressão. Eva não podia negar o quão estranho era ver Irena naquele estado, tão consumida pelo tempo, tão à mercê da sorte. Vê-la daquele jeito fazia Eva lembrar-se de sua própria vulnerabilidade, de sua própria finitude. E de como o tempo passara desde o dia em que deixara a casa da avó.

Passou as mãos por sobre os cabelos ralos de Irena, tirando-os do rosto da avó, e sorriu. Apesar dos pesares, não podia negar que amava aquela velha senhora. E, por mais louca que fosse, Irena sempre preparara a comida de Eva quando era mais nova, sempre se preocupara em lhe comprar o xampu preferido, bem como em levar um chá até o quarto nas vésperas de prova, quando Eva estava afundada nos livros. A seu modo, Irena cuidara das netas, e isso era inegável.

Eva ajeitou-se na desconfortável cadeira que lhe deram e tentou retomar sua leitura. Não tardou para que voltasse a ser perturbada pelo barulho intermitente do aparelho que mantinha Irena viva. Quase sem notar, passou a bater a ponta de um dos pés no mesmo ritmo do monitor, segundo a segundo, um bipe atrás do outro, até um novo ruído interromper o compasso.

Uma segunda cadência de barulhos intermitentes passou a ressoar, intercalando-se com o som do monitor. Eva fechou outra vez o livro, varrendo o ambiente com olhos curiosos, até deparar-se com uma poça d'água sob a maca de sua avó. De um único ponto, próximo ao centro da maca, pingavam gotas sequenciais, uma a uma, encorpando a poça no chão.

Eva levantou-se da cadeira, ajoelhando-se no chão, e então projetou o tronco para frente, para mais perto do gotejamento. Acreditando tratar-se de urina, olfateou o ar, não sentindo cheiro algum. Em seguida, levou uma das mãos até a poça, molhando a ponta dos dedos e trazendo-os para próximo do nariz. Parecia apenas água.

— Enfermeira! — chamou, abrindo as finas cortinas azuis que cercavam o leito de Irena.

Em alguns poucos minutos, uma jovem vestida de branco e com os cabelos presos em um apertado coque adentrou o improvisado quarto, atendendo ao chamado:

— Pois não, senhora.

— Tem alguma coisa pingando debaixo da — calou-se. Ao apontar para baixo da maca, não avistou nada ali além dos ladrilhos do hospital.

— Pingando de onde, senhora? — A enfermeira seguiu, confusa, a mão de Eva com os olhos.

— Tinha um… — gaguejou, esfregando os olhos em seguida. — Desculpe-me, acho que é a privação de sono. Estou vendo coisas.

— Pode ser o estresse também, senhora. Isso é muito comum.

— Pode ser. — Eva suspirou. — Tem algum banheiro aqui perto que eu possa usar?

— Claro. Saindo da enfermaria, virando à direita. No fim do corredor.

— Obrigada — disse, alcançando sua bolsa preta.

Guardou dentro dela o livro de capa bege — não era seguro deixá-lo à vista de qualquer um — e, em seguida, rumou para o banheiro. Havia apenas uma mulher postada em frente à pia, lavando as mãos. A moça cumprimentou Eva com um gesto de cabeça e, logo em seguida, retirou-se do banheiro.

Eva pressionou o ventre contra a pia, curvando-se para frente. Abriu a torneira e, com as mãos juntas em concha, encheu-as de água, levando-as ao rosto. Repetiu o processo mais três ou quatro vezes, inspirando e expirando. Sentia-se cansada, sonolenta e ainda com um pouco de dor nas costas, em razão da péssima cadeira que lhe fora dada para passar a noite.

Manteve-se assim, curvada sobre a pia, a cabeça baixa e os olhos fechados, respirando com calma. Após algum tempo, com o rosto ainda molhado, sentindo a água escorrer pela pele, ergueu o tronco em direção ao grande espelho de formato retangular que ficava pregado à parede, pouco acima da fileira de torneiras na pia. Defrontou-se com seu reflexo abatido. Os olhos, esgazeados, encaravam-na de volta. Entretanto, havia algo diferente: sem esclera, sem íris, sem pupilas. Eram apenas duas grandes formas ovais, negras e maciças, preenchendo todo o globo ocular, mirando-a com atenção.

Eva lançou-se para trás, em meio a um grunhido rouco, com tamanha força que se desequilibrou. Uma dor aguda lhe invadiu a espinha dorsal pouco após ouvir o baque surdo de seu cóccix contra o chão do banheiro. Quase no mesmo instante levantou-se, aturdida, e encarou o espelho mais uma vez. O que viu, no entanto, foram apenas seus olhos cor de mel, agora avermelhados.

Ainda um pouco ofegante, apertou as pálpebras repetidas vezes, esfregando as mãos contra o rosto, sem perder o espelho de vista. Todavia, nada além dos seus costumeiros olhos havia ali.

— Com licença? — Uma enfermeira abriu uma fresta da porta, estendendo a cabeça para dentro do banheiro. — Eva Pollock? A sua avó é a sra. Irena Svobodová?

— S... sim — respondeu, afônica, consentindo com a cabeça.

— Eu estava procurando por você — disse a enfermeira, sorrindo. — A sra. Irena acabou de acordar.

As sequelas do AVC eram numerosas, e os médicos teriam que realizar exames diversos até conseguirem verificar a dimensão dos danos. Dentro de alguns dias, Irena iria para casa, limitada a uma cadeira de rodas, sem conseguir falar e desprovida de quase todos os movimentos, à exceção das mãos e de alguns músculos da face. Apesar de descoordenada, a mobilidade da mão direita seria o bastante para que conseguisse escrever, em letras trêmulas e pouco legíveis, algumas parcas palavras, o que daria a entender que a cabeça, surpreendentemente, mantinha-se em perfeita lucidez.

Naquele momento, porém, os médicos ainda não sabiam de nada disso e sua maior preocupação era avaliar o grau de consciência da paciente ao acordar.

— É bom ter a presença de um familiar — disseram à Eva. — Ajuda a verificar as reações dela, assim como a memória.

Quando Eva adentrou as precárias cortinas azuis, Irena não apenas a reconheceu, como teve pleno discernimento do contexto que aquilo representava. Agitou as mãos, tentando arrancar o tubo que lhe penetrava as narinas, o que fez com que um dos médicos a segurasse pelos punhos. Os olhos da vetusta avó inundaram-se, e não eram apenas lágrimas de quem voltava de um coma, mas lágrimas de quem não via a neta havia muitos anos.

Eva a abraçou em silêncio. Mantiveram-se assim, atracadas, caladas, por tempo o suficiente para adormecer os braços da neta.

— Parece que a memória está boa, não é, dona Irena? — comentou um dos médicos, comovido com a cena.

A avó agitou-se de novo, emitindo um gemido grave, que, após algumas repetições, tomou forma:

— ...ina ...ina.

— Sabina? — perguntou Eva. Irena pareceu concordar, com mais uma série de gemidos entusiasmados. — Sabina está em casa, mas amanhã ela virá aqui, para ficar com a senhora.

Irena acalmou-se, olhando mais uma vez para o rosto de Eva. Ainda que não conseguisse mover de maneira coordenada todos os músculos da face, os olhos, como dizem, eram as janelas da alma, e não escondiam o êxtase da velha senhora.

— Moça— disse um dos médicos à Eva —, perdoe-me por interromper o momento, mas precisamos realizar alguns exames na dona Irena. A senhora se importaria de aguardar um pouco lá fora? Temos café e biscoitos no refeitório, se desejar.

Eva concordou de pronto e caminhou de costas, agarrada à sua bolsa preta, sem despregar os olhos da avó, até fecharem em sua frente as cortinas azuis. Sentia uma pontada de culpa pelos anos de distância, pelas injúrias que proferira e pensara a respeito de Irena. Crescera ouvindo os colegas de escola chamando sua avó de "velha louca" ou "velha bruxa" e aos poucos se convencera da veracidade daquilo.

Inegável que Eva sentira vergonha da avó por quase toda sua vida, mas vê-la ali, deitada naquela maca, tão murcha e franzina, com olhos brilhando em sua direção, era, no mínimo, de se fazer pensar.

Respirou fundo e dirigiu-se ao refeitório do hospital, onde não encontrou nada além de um resto de café frio e farelos de biscoito em um pote de vidro. Serviu-se do café em um copo de plástico e então sentou-se em um banco de madeira, situado em um longo corredor.

À exceção da cafeína, o insosso líquido negro, um pouco amarronzado de tão diluído, não servia para muita coisa. Eva recostou a cabeça na parede, inclinando-a para o lado e observando as pessoas que iam e vinham. O corredor parecia ser o coração do estabelecimento. Tomado por enfermeiros, médicos e auxiliares, tinha início próximo da porta de entrada do hospital e percorria, largo, quase toda a extensão do prédio, culminando em uma quina, onde dobrava para direita.

Havia, ainda, uma quantidade considerável de pacientes e visitantes, crianças e idosos, andando em todas as direções. Em meio ao fluxo de pessoas, avistou uma moça de longa cabeleireira acobreada caminhando entre funcionários e pacientes na direção oposta ao banco onde Eva jazia sentada.

Sabina?

Não saberia dizer se pensou ou murmurou o nome da irmã, mas, em tese, Sabina deveria estar em casa, dormindo. Aliás, era esse o propósito de Eva estar ali: que Sabina pudesse descansar um pouco, revezar com ela os cuidados da avó. Teria acontecido alguma coisa? Alguém teria avisado Sabina sobre Irena?

Finalizou seu café às pressas, em goles grosseiros, enquanto levanta-se, e jogou o copo descartável em uma lixeira, rumando para o fim do corredor. Chamou pela irmã e, sem resposta, tentou não perder a moça de cabelos ruivos de vista, também sem êxito. Com a movimentação de gente em todas as direções, não tardou para que o ponto laranja desaparecesse. Ao que aparentava ser o final do corredor, havia uma curva à direita. Eva aproximou-se, seguindo por mais um curto trecho, que culminava em duas últimas portas. Uma era um banheiro masculino; a outra, uma porta branca com uma viseira de vidro.

Nenhum sinal de Sabina, e não havia outro lugar para onde pudesse ter ido, senão para além da segunda porta. Eva abeirou-se da viseira de vidro, alongando os olhos para o interior da sala. Nada mais era que uma outra enfermaria, um pouco menor, com duas macas separadas por finas cortinas, ambas abertas para a entrada. Uma estava ocupada por um senhor de idade, adormecido. A outra, porém, era ocupada por uma mulher, deitada de lado, com o rosto voltado para a parede.

Os longos cabelos ruivos pendiam do couro cabeludo, descendo-lhe por sobre os ombros e pescoço e estendendo-se para fora do leito, como uma cascata. O tom cobre contrastava com um moletom verde-musgo, que para Eva parecia bastante familiar.

Não encontrando ninguém ali, além do senhor adormecido na maca ao lado, Eva decidiu adentrar o recinto, andando, com cautela, até a moça ruiva. Quanto mais se aproximava, mais tinha certeza de conhecer aquele moletom. Não apenas a cor, mas a textura, gasta, despertava-lhe alguma memória que ela não conseguia identificar.

— Sabina? — murmurou, tentando não acordar o senhor do outro leito.

Não houve resposta. De perto, podia notar, além dos cabelos, o formato dos ombros e de uma parte do rosto. Ergueu uma das mãos na direção da mulher, encostando de leve em sua escápula. Antes que pudesse chamar o nome da irmã outra vez, o corpo da moça tombou para o lado, e sua cabeça despencou para fora da maca, ficando pendurada pelo pescoço, de modo que o rosto fitava Eva de frente.

Do topo da cabeça, agora virado para baixo, uma ampla fratura exposta desabrochava por entre os fios laranja. Do interior do crânio estilhaçado, escorria, vagarosa, uma massa viscosa e cinzenta, que, ao misturar-se ao sangue, pingava em câmera lenta no chão. A face, desfigurada, ostentava uma coloração lívida, e os olhos, fora das órbitas, encaravam Eva como duas bolas sangrentas, penduradas até a altura da testa.

Eva não pôde conter um urro, que reverberou do fundo da garganta, emendando em uma sequência de guinchos histéricos quando deu-se por conta que um de seus pés imergia na pasta gelatinosa que se formara no piso, abaixo da cabeça do cadáver.

Ao tentar se afastar, andando para trás, deixou um rastro de gosma ensanguentada e demorou a perceber que, além de seus gritos, ouvia também o do senhor do leito ao lado. Desviou o olhar para o longevo homem, que se encontrava sentado à maca, mirando-a com olhos estatelados e berrando no mesmo compasso que ela.

Voltou-se mais uma vez para a mulher ruiva, mas, onde antes jazia um corpo inerte, com o crânio rachado e gotejando os miolos no chão, não se via nada além de um leito vazio. O senhor da outra padiola ainda gritava, aturdido, quando uma enfermeira entrou de abrupto na sala, seguida por mais uma série de curiosos.

A enfermeira correu até o paciente acamado, tentando aquietá-lo, e a última coisa que Eva ouviu foi a pancada de sua cabeça contra o piso da enfermaria ao desmaiar, enquanto balbuciava repetidas vezes a palavra "mãe".

Até a mais bela criatura
De instinto caçador
Há de ter seu próprio algoz
Ter seu próprio predador

—Puta merda!

A porta do carro preto emperrou em meio à neve acumulada na via, que passava de um palmo de altura. Aquele dia havia sido particularmente frio e ficara ainda pior ao anoitecer. O homem empurrou a porta com mais ímpeto, forçando um buraco no gelo, onde firmou um dos pés. Ajeitou o chapéu na cabeça e desceu do veículo. Pausou durante uma fração de segundo e então concluiu que não estava vestido de maneira adequada.

Abriu o porta-malas, depositando em seu interior, por sobre o fundo falso, o chapéu e o paletó, e vestiu-se com uma grossa japona de capuz que ali estava. Cobriu, ainda, a boca e parte do nariz com seu cachecol de lã, e dirigiu-se à primeira casa da rua, por onde começaria sua investigação, batendo de porta em porta.

Cerca de vinte minutos depois, sem nenhuma informação relevante, chegou à penúltima casa antes do bosque. Bateu à porta, encolhendo-se de frio e já desesperançoso. Uma tímida movimentação fez-se ouvir no interior da residência. Em seguida, a luz externa, localizada bem ao lado da porta, acendeu-se.

— Pois não? — Uma voz feminina ecoou de dentro.

— Boa noite — disse o homem, sem saber ao certo para qual direção olhar, e baixando o cachecol do rosto. — Perdoe-me pelo horário. Eu sou da guarda-florestal e estou fazendo uma ronda na vizinhança.

Pôde ouvir o barulho da tranca e, logo após, a porta se abriu em uma pequena fresta, por onde Martina Pollock despontou, contraindo-se diante do vento frio e evitando expor-se mais que o necessário. O homem prosseguiu:

— Boa noite, senhorita. Meu nome é Ulrich Kučera, sou da guarda--florestal e estou em busca de uma raposa. Recebi informações de que ela estaria nesta parte da cidade e gostaria de saber se a senhorita a viu.

— Uma raposa? — Martina soava surpresa, ainda atrás da porta.

— Sim, uma raposa vermelha. Não é muito grande, uns 10 kg no máximo, com o rabo bem peludinho. — Ele gesticulava ao falar, sem enxergar com clareza sua interlocutora.

— Nossa, acho que eu não poderei ajudar — disse Martina, estendendo a cabeça para além da porta. — Acho que nunca encontrei uma raposa em toda a minha vida.

— Ah, eu imaginei. Tudo bem, senhorit... — calou-se de maneira abrupta. Ao fixar os olhos sobre a moça, cujo rosto agora estava iluminado pela luz externa da casa, um arrepio percorreu por sua espinha dorsal.

— Senhor? — Martina estranhou a interrupção repentina.

O homem, entretanto, não respondeu. Reteve-se em silêncio, os olhos estagnados sobre Martina, tão concentrados que quase não piscavam.

— Está tudo bem? — ela insistiu, um pouco incomodada.

Ele não se manifestou. Reiterou o olhar fincado, imóvel, como se estivesse diante de alguma assombração, e parecia incapaz de se mover ou falar. Constrangida, Martina desviava o olhar, esperando que a qualquer momento o homem dissesse alguma coisa.

— Pare o que estiver fazendo e coloque as mãos onde possamos ver! — A voz masculina retumbou do início da rua, provocando o fim do estranho clima que se instaurara.

Sem demora, uma viatura escura aproximou-se da casa, e o tronco de um oficial trajando a farda soviética irrompeu de uma das janelas, apontando um fuzil ao visitante. O suposto guarda-florestal ergueu as duas mãos para próximo da cabeça, virando-se.

— Dimitri? — O oficial apertou os olhos, abaixando a arma em seguida. Era possuidor de um forte sotaque russo. — Dimitri! Eu quase atirei em você, seu maluco.

O homem riu, descendo os braços. A viatura estacionou em frente à casa e dela desceram dois oficiais, trajando uma pesada farda de inverno. Um deles ajeitou o fuzil nas costas, e aproximaram-se da entrada da casa.

— Recebemos denúncias de que um homem estava perturbando a vizinhança — disse o segundo oficial. — Achamos que era algum baderneiro, mas era só você. E que caralho de roupa é essa? Cadê sua farda?

— Dimitri? — murmurou Martina, confusa.

— Ah, eu peço desculpas pela indelicadeza das minhas mentiras, senhorita — enunciou Dimitri, voltando-se à moça. — Eu não queria assustá-la com a minha verdadeira identidade. — Ato contínuo, dirigiu-se aos oficiais: — Eu não estou aqui a trabalho, cavalheiros. Estou tentando resolver um problema pessoal: localizar uma raposa.

— Uma raposa? — um dos oficiais repetiu, não conseguindo evitar um sorriso de canto de boca. — Uma raposa de verdade, ou uma raposa no sentido figurado? Algum espertinho?

— Não, não — explicou-se Dimitri. — Uma raposa de verdade. Uma maldita raposa tem atacado meus gatos e eu ouvi dizer que ela veio para esta parte da cidade. Estou tentando caçar a infeliz.

— Seus gatos? — O outro oficial abriu um sorriso inconsistente, entreolhando-se com o colega. — Eu nem sabia que você tinha gatos.

— Então o senhor não é da guarda florestal? — perguntou Martina, tímida.

— Guarda florestal? — caçoou um dos oficiais, rindo-se. — Essa é boa. Esse Dimitri é uma figura!

— Moça — disse o outro oficial, aproximando-se da porta —, este aqui é o grande Dimitri Bozanov, o Caçador Soviético. — Fez uma pausa, dando um ligeiro tapa nas costas de Dimitri. — E sabe por que ele é chamado de "O Caçador"?

Martina fez um gesto negativo, balançando a cabeça de um lado para o outro. O segundo oficial antecipou-se:

— Porque ele tem um faro de cão de caça para traidores da pátria socialista.

Alguns segundos de silêncio e de olhares intimidadores precederam uma grande gargalhada por parte dos dois oficiais. Um deles reforçou o tapa nas costas de Dimitri, voltando-se para a viatura.

— Pare de assustar os moradores locais, Dimitri. Pode deixar que, se encontrarmos alguma raposa, atiraremos nela.

— Não, por favor! — bradou o Caçador, retomando um tom calmo logo em seguida: — Eu gostaria de tê-la viva. Quero me vingar por atormentar meus gatos.

M. Sardini

Os oficiais gargalharam mais uma vez.

— Esse Dimitri é um psicopata! — disse um deles, por entre o riso. — Imagine só o que ele não faz com os baderneiros — disse, dando uma piscadela para Martina antes de entrar na viatura.

Dimitri Bozanov deu as costas à casa, sem nada dizer, caminhando até o fim da rua, onde estacionara seu veículo preto. Sua fama de "O Caçador" não poderia estar mais correta. Era inegável seu faro certeiro para encontrar traidores, conspiradores e desordeiros. Durante a ocupação russa à Tchecoslováquia, Dimitri tinha passe livre para andar por onde bem entendesse, em busca de quem não fosse apoiador do governo.

Era a premissa perfeita. O Caçador poderia fazer uma das coisas que mais sabia na vida — e que julgava ser um ato de extremo patriotismo —, e ainda ter a liberdade para sua vocação preferida, sem haver ninguém em seu encalço. O que seus colegas soviéticos desconheciam, porém, é que, ainda melhor que seu faro para caçar baderneiros, era seu faro para caçar *criaturas*.

— Quem era? — Eva, sonolenta, levantou-se da cama, arrastando os pés para fora do quarto.

— Pelo que entendi, um oficial russo passando-se por guarda-florestal, procurando por uma raposa que atacou os gatos dele. — Eva manteve-se em silêncio, mirando a filha. Martina continuou: — Não era nada demais, mãe. Como está se sentindo, aliás?

Eva esfregou a palma de uma das mãos sobre a testa.

— Cansada. — Sentou-se em uma poltrona da sala. — Parece que os últimos dias foram um apagão total na minha cabeça.

— Disseram que você teve uma crise de pânico lá no hospital.

Eva petrificou. As memórias lhe vieram como uma enxurrada. O crânio, os miolos, o sangue, os olhos dependurados.

— Eu nem sei direito o que aconteceu naquele dia — desabafou.

— Pânico, colapso nervoso, qualquer coisa assim. Disseram que você precisava descansar.

— Quem foi me buscar? — perguntou, ao dar-se conta de que não saberia dizer como chegara em casa.

— O papai.

— E a minha avó? — atropelou as palavras de Martina.

— Ligaram para a sua irmã. Nossa, calma.

Eva suspirou, levando as mãos ao rosto.

— Eu preciso visitá-la de novo.

— Você não vai poder fazer isso agora, de qualquer maneira. Não é melhor voltar a dormir?

— Dormir? Mais?

— Os médicos prescreveram um remédio para você dormir. Funcionou nos últimos dias.

Eva balançou a cabeça, levantando-se.

— Não, não quero dormir mais. Preciso me mexer um pouco — disse, alongando-se. — Seu pai, cadê?

— Não voltou ainda da fábrica. — Martina dirigiu-se até a cozinha. — Quer jantar?

— Não, obrigada. Estou meio enjoada. — Eva continuou se alongando, movimentando-se pela sala. Olhou ao redor e se lembrou da bolsa. — Tina, cadê a minha bolsa?

— Que bolsa?

— Minha bolsa preta. A que estava comigo no hospital.

Martina retornou para a sala, varrendo o cômodo com os olhos e posicionando as mãos na cintura.

— Sei lá. Não vi bolsa nenhuma.

Eva foi tomada por um arrepio gélido.

— Preciso achar essa bolsa, Tina. Meus documentos todos estão lá dentro — disse, por não encontrar explicação melhor.

— Calma, mãe. Você não vai achar nada agora. Está tarde. A bolsa deve ter ficado no hospital. Amanhã vamos até lá e buscamos.

— Acho que é melhor eu ligar para o hospital e pedir para falar com a Sabina.

— Faça isso, então. Mas não vá ter outro colapso, por favor.

Eva fez o possível para que a filha não notasse suas mãos trêmulas ao segurar a lista telefônica. Fez o mesmo quando a ligação foi atendida e sua voz soou mais trepidada do que esperava. Apenas quando ouviu Sabina dizer "está comigo" é que pôde soltar a respiração, aliviada. Sabina também lhe disse que a avó estava bem e que em breve teria alta.

— Viu só? — retrucou Martina. — Você se desespera por tudo. Por isso teve um treco.

Eva suspirou aliviada, desligando o telefone.

— Acho que aceito um pouco de comida agora — disse, por fim, recostando a cabeça contra a parede e observando a filha. Permaneceu calada por alguns instantes, enquanto Martina lhe servia a sopa que fizera. — Tina, aquela hora você disse "raposa"?

A jovem demorou um pouco a entender do que se tratava.

— Ah, sim. O homem estava procurando por uma raposa.

— E o que você respondeu?

— Que eu nunca vi uma. — Martina ergueu os ombros, como se falasse algo óbvio. — Por quê?

— Por nada — respondeu Eva.

Lembrava-se de avistar uma raposa na noite em que soubera do AVC de Irena. E, por algum motivo — talvez intuição, talvez paranoia —, tinha a nítida sensação de que o interesse do tal oficial russo no animal nada tinha a ver com gatos.

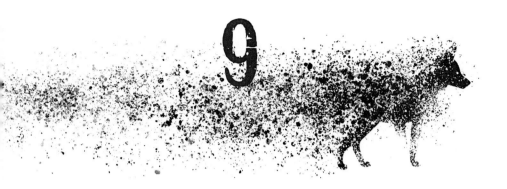

Uma em cada mil
Ou ainda menos pode ser
Ouve o que ninguém ouve
Vê o que ninguém vê.

Brno, 1967

Os pequenos olhos de Sabina fitaram a escuridão do quarto. Ela piscou algumas vezes, apertando as pálpebras, até que suas pupilas se adaptassem à parca luminosidade. Aos poucos, identificou a cômoda, o guarda-roupas, o papel de parede, a porta. Não conseguia se acostumar com o novo quarto — que já nem era tão novo —, com a nova casa, e sempre levava alguns segundos para se localizar quando acordava.

A mudança para a cidade natal de Irena tivera o intuito de levar a família para perto de Eva, que cursava a Universidade Masaryk de Brno, mas com frequência a irmã mais velha passava noites fora de casa — em especial após o início do namoro com um estudante de engenharia —, e praticamente desaparecera depois de seu casamento. Estar sozinha com a avó era um cenário que Sabina conhecia bem.

Sentou-se na beira da cama, tateando o chão com os pés até encontrar suas pantufas. Caminhou, sorrateira, em direção à porta do quarto, abrindo-a, e então projetou a cabeça para o corredor. Não era de fato tão comprido, mas em sua visão infantil parecia enorme e tenebroso. Especialmente à noite.

A avó tinha o costume de dormir com a porta aberta, e seu quarto era o último do passadiço, situando-se de frente para este, e bem ao lado do único banheiro da casa. Sabina cogitou retornar para a cama, mas a bexiga apertada não permitiu.

Antes de pisar no corredor, observou o interior do quarto de Irena. A porta entreaberta permitia a vista para a janela, por onde a luz da lua penetrava de maneira quase romântica. À frente da ventana, do lado externo da casa, via-se apenas um galho seco de árvore, e o quarto em si parecia mergulhado em uma grande penumbra.

Tomou fôlego e adentrou o corredor, estufando o peito e conferindo passos firmes, mas silenciosos, em direção ao banheiro. Prendeu a respiração, como se precisasse evitar qualquer mísero ruído. Deu um, dois, três passos, e então sentiu-se compelida a olhar para seu próprio quarto, verificando o quanto já andara, como se isso, de alguma forma, pudesse ser um incentivo. Não foi. O caminho trilhado era muito menor do que esperava.

Voltou-se para frente, encarando o quarto de Irena. Desta vez, entretanto, não apenas a janela e o galho seco da árvore se faziam manifestos. A luz da lua contra a ventana contornava uma figura distinta.

Os longos cabelos pareciam lhe cair por sobre os ombros, talvez estendendo-se para além dos limites da janela, e, apesar de pouco nítida, sua face parecia estar defronte para o interior do quarto, encarando o corredor. Encarando Sabina.

A menina congelou, prendendo ainda mais a respiração. Teve o ligeiro pressentimento de que trocava olhares com aquela coisa e não saberia dizer por quanto tempo. Aguentou o máximo que pôde, imóvel, até não poder mais segurar, e então expirou com toda a força que tinha.

O movimento foi o suficiente para fazer a criatura mover-se, caminhando, galopante, na direção de Sabina. A menina gritou, correndo de volta para o quarto, e fechou atrás de si a porta em uma sonora pancada.

Não havia tranca, uma vez que Irena temia deixar a chave à disposição de uma criança, para evitar acidentes. E Sabina tinha ciência disso. Olhou ao redor, aturdida, e decidiu por enfiar-se dentro do guarda-roupas, trancando-se, em silêncio. Não tardou para que o ranger da porta ressoasse, interrompendo a calada da noite.

O barulho de passos, pé ante pé, adentrou o cômodo, fazendo gemer os tacos do chão. Sabina encolheu-se no interior do armário, prendendo a respiração mais uma vez. Os olhos lacrimejaram e ela não podia evitar estremecer de corpo inteiro. Pela pequena e quase imperceptível fresta que havia entre as duas portas do guarda-roupas, avistou a silhueta aproximando-se. Um súbito calor lhe inundou as partes debaixo quando a urina escorreu pelas pernas, molhando seus pés vergados.

Na primeira sensação de que a porta se abriria, Sabina encheu os pulmões o máximo que conseguiu, fechando os olhos, e gritou pela avó até a exaustão.

— Sabina! Meu Deus do céu, o que você está fazendo aí? — A voz de Irena repercutiu como um grande alívio.

A menina abriu os olhos, deparando-se com as portas do armário abertas e avó à sua frente, com os cabelos grisalhos pendendo do topo da cabeça.

— Vó! — gritou, agarrando-se à Irena e debulhando-se em um choro desesperado.

Irena pegou-a no colo, notando que estava molhada, e a abraçou, acendendo a luz.

— O que aconteceu? Você está tremendo! — Soava preocupada, procurando no quarto alguma razão para o estado da criança.

Sabina parecia estar em choque. Chorava e tremia, agarrando-se cada vez com mais força ao corpo da avó. Irena sentou-se na beirada da cama, ajeitando a neta no colo.

— Você teve um pesadelo? — perguntou, afagando-lhe os cabelos.

A menina soluçava, tentando acalmar-se.

— Foi a moça — desabafou.

— A moça? Que moça?

Sabina ainda tremia.

— A moça do seu quarto.

Irena a observava em silêncio, tirando-lhe os cabelos ruivos da testa. A criança continuou, soluçando,o rosto molhado pelas lágrimas:

— Ela fica lá, toda noite, de pé na janela. Eu não consigo fazer xixi, porque ela fica parada, olhando para mim.

A avó cobria-a com um olhar materno e curioso, agora acariciando-lhe o rosto. E então disse-lhe:

— Você também a vê?

Sabina arregalou os olhos, encarando a avó.

— Ela existe mesmo? — arriscou, fitando Irena quase sem piscar.

Irena assentiu com a cabeça.

— Eu também a vejo de tempos em tempos — falou, observando com atenção a neta —, mas achei que só eu pudesse vê-la.

Sabina agitou-se.

— Eu vejo! — bradou.

Irena esboçou um sorriso.

— Seu avô nunca viu nada.

— Ele sabia dela? — Sabina soava curiosa.

— Sabia dela e de muito mais, mas nunca pôde ver nada.

— E a minha irmã?

Irena balançou a cabeça, ainda mexendo nos cabelos da neta.

— Ela não sabe. Eu nunca contei. — Fez uma pausa, sorrindo para a criança. — E vamos manter assim, tudo bem? Será o nosso segredo.

— Por quê? — indagou, interessada.

Irena remexeu os ombros.

— Acho que é melhor assim. Se ela não vê, eu prefiro não a preocupar com isso.

Sabina concordou, em um misto de animação e medo.

— E a minha mãe? Ela também via a moça?

Os olhos de Irena foram tomados por lágrimas. Tentou conter-se, evitando o olhar curioso da menina.

— Não tenho certeza — balbuciou. — Não, eu acho que não. Acho que sua mãe nunca viu essa moça. Mas a minha mãe, assim como você, também era sensitiva

— O que é isso?

— São pessoas que percebem o que a maioria das pessoas não percebem. Algumas veem, outras ouvem, outras sentem. Minha mãe sentia coisas que ela não sabia explicar, mas ela nunca estava errada.

Sabina sorriu, animada com a ideia de ter encontrado uma nova definição para si mesma: sensitiva. Isso, na verdade, tornava a visão da misteriosa mulher um pouco menos assustadora.

— Quem é ela, vó?

— Quem? — perguntou Irena, distraindo-se com a lembrança da falecida filha e ainda tentando conter as lágrimas.

— A moça — Sabina reiterou, ansiosa.

A avó ajeitou-a em seu colo, tornando a acariciar-lhe o rosto.

— Sou eu.

Como reza a velha lenda
A criatura é maligna
Os olhos negros, à espreita
Revelam a alma, tão indigna.

Brno, 1988

—Me fode! — A voz dela soava cansada e quase rouca.

Dimitri empurrou-a sobre a escrivaninha, tornando a penetrá-la por trás e intensificando o movimento dos quadris. Embrenhou os dedos da mão direita pelos cabelos dourados, puxando-os com tamanha força que pôde ouvir o pescoço dela estalar. Com a mão esquerda espalmada, acertou-lhe um firme tapa na nádega, combinando seus gemidos com o compasso dos dela.

Sacolejava toda a escrivaninha, que de tempos em tempos golpeava com força a parede. Acelerou ainda mais o ritmo, adentrando-a com voracidade, afundando os dedos em sua pele, beijando-lhe a nuca, ofegando, até culminar em um alto e prolongado gemido.

O corpo da moça estremeceu, relaxando em seguida. Cansado, cambaleou para trás, sentando-se na ponta da cama. A jovem loura ergueu-se, apanhando as roupas íntimas caídas ao lado de seus pés e vestindo-as. Dimitri apanhou a calça do uniforme soviético, jogada ao pé da cama, e retirou do bolso um maço de cigarros e um isqueiro.

— Você fuma? — perguntou, estendendo o maço à jovem.

Ela assentiu, retirando um cigarro.

— Obrigada — disse, sentando-se ao lado dele na cama.

Dimitri ofereceu-lhe o isqueiro.

— Qual seu nome? — ele indagou.

— Nina — ela respondeu, acendendo seu cigarro.

— Nina — repetiu, balançando a cabeça. — Belíssimo nome. Aceita um drinque? — Levantou-se em direção ao bar, localizado em um canto do cômodo.

— Obrigada, senhor. Acho que já está acabando minha hora.

— Hora? Ah, sim. Eu posso pagar-lhe mais uma, se a senhorita quiser tempo para tomar o drinque.

A moça hesitou, mas acabou aceitando.

— Vodca?

— Vodca — ela concordou.

Ele serviu dois copos, entregando um a ela.

— Então, Nina — ele iniciou, sentando-se em uma poltrona de frente para ela. —, quantos anos você tem?

— Dezenove, senhor.

— Sem essa de "senhor", por favor. Meu nome é Dimitri.

— Eu sei — respondeu, tragando o cigarro mais uma vez. — Dimitri Bozanov.

— Ah, você sabe quem eu sou?

— Sim. — Ela pareceu receosa, bebendo um gole da vodca. — Os outros oficiais falam muito sobre você.

— Ah, é? E falam o quê? — ele perguntou, encarando-a com curiosidade.

A jovem sentiu-se constrangida, encolhendo-se um pouco. Hesitante, respondeu:

— Que o senh... que você — corrigiu-se — é meio...

— Meio...?

— Psicopata — admitiu.

Dimitri gargalhou, recostando-se na poltrona.

— Psicopata, é? Bom, talvez fosse, nos tempos de glória e com quem merecesse. Mas hoje em dia as coisas estão bem mais moles, com essa putaria de *Glasnost* e *Perestroika*. Daqui a pouco seremos obrigados a lamber o saco dos capitalistas da Alemanha Ocidental — desandou a falar, em uma aparente alteração de humor.

A moça forçou um sorriso, não conseguindo esconder seu desconforto.

— Peço desculpas pela verborragia — ele prosseguiu. — Esse assunto me deixa irritado. Tenho um peculiar apreço pelo sistema que derrubou o czarismo, mas isso é coisa minha.

Ela se calou, voltando-se ao copo de vodca. Pouco depois, vasculhou o quarto com os olhos, buscando algo que se lembrava de ter visto quando chegara, mas que estava ocupada demais para dar atenção. Ao lado da porta do apartamento, em uma arara, jazia um pequeno tapete cinza de automóvel, cuja superfície era estampada pelo que parecia uma mancha seca de sangue.

Ao encontrar o objeto, Nina fitou-o com certo receio, de maneira indiscreta o suficiente para que Dimitri notasse.

— Isso não é o que você está pensando — ele anunciou, tomando mais um generoso gole de vodca.

— Não é sangue? — ela perguntou, tímida. Sabia que não deveria se meter nos assuntos dos oficiais russos.

— É. Quer dizer, mais ou menos.

— Mais ou menos? — Não conseguiu disfarçar a surpresa em sua voz.

— É sangue, mas não é de gente —ele concluiu.

Ela suspirou, um pouco aliviada.

— Você caça?

— Caço.

— Veados?

— Raposas.

— Aquilo é sangue de uma raposa? — Ela contraiu as sobrancelhas, em uma clara expressão de pena.

— Sim, mas não precisa ter dó dela. Não era uma raposa comum.

— Como assim? — A surpresa foi evidente na voz da moça.

Dimitri deu uma longa tragada em seu cigarro, apagando-o em um cinzeiro ao lado da poltrona. Pensou durante alguns segundos em como deveria conduzir aquela conversa.

— Eu sou supersticioso — disse, por fim.

— Supersticioso? — Nina repetiu, demonstrando bastante interesse. — Acho que não conheço nenhuma superstição sobre raposas.

— Era uma raposa de olhos negros — ele anunciou, satisfeito.

A moça piscou algumas vezes, confusa.

— E o que diz a superstição sobre isso?

Dimitri ajeitou-se na poltrona, finalizando seu copo de vodca.

— Que raposas de olhos negros são malignas.

Nina fitou-o com atenção.

— Malignas? Por quê?

Dimitri riu, jogando o tronco para trás até colidir com o encosto da poltrona.

— Ah, é uma história boba que meu pai me contava. Eu é que sou muito supersticioso. Deixe essa história para lá.

Nina forçou um sorriso de canto de boca. Aquele homem causava uma mistura de sensações estranhas nela. Medo, fascínio, excitação, confusão.

— Você é casado? — perguntou, por fim, deixando que o Caçador notasse que ela vasculhava suas mãos em busca de uma aliança.

— Não. Nunca fui — ele respondeu, de pronto.

— Tem alguém especial na sua vida? — Ela passava a língua pelos lábios enquanto falava.

— Não, ninguém. Eu sou um caçador, não um amante. Sou péssimo amante, para ser honesto.

— É mesmo? Não pareceu — disse, apontando a cama com um gesto de cabeça.

Ele riu.

— Eu posso ser uma boa companhia por algumas horas, mas não mais que isso. Tenho ciência das minhas limitações.

— E já teve alguma mulher sortuda que o fez mudar de ideia?

Dimitri interrompeu o riso de forma abrupta, substituindo o semblante contente por algo que lembrava tristeza. A mudança no tom de voz também foi perceptível:

— Teve uma mulher, há muito tempo. Mas é por causa dela que eu soube que não era um amante nato.

Nina sentiu-se desconcertada com a reação do homem.

— Qual era o nome dela?

Ele suspirou, mordiscando o lábio inferior.

— Alexandra.

Nina sorriu, mostrando os dentes brancos e perfeitamente alinhados.

— E se o senhor me comesse mais uma vez, agora me chamando pelo nome dela?

Por uma fração de segundo, Dimitri se manteve imóvel, calado. Em seguida, abriu um enorme sorriso, que salientou suas covas na bochecha.

— Eu adoraria, senhorita.

Ao olhar o breu do quarto
No silêncio da madrugada
Deparar-se-á com ela
Na escuridão, subjugada

— Mitologias ficam do lado esquerdo, a partir da segunda estante — apontou Martina.

O rapaz agradeceu, retirando-se. Ela se voltou para a revista que trazia à mão, apoiando o cotovelo sobre o balcão da biblioteca. Estava absorta em sua leitura sobre um sanatório americano assombrado que atraía milhares de turistas, o que a matéria citava como "o cúmulo do capitalismo", quando outra pessoa se recostou contra o balcão de atendimento.

— Com licença. — Era uma jovem de cabelos curtos. — Eu não estou encontrando o livro que procuro. Você pode me ajudar?

Martina ergueu os olhos.

— Claro — confirmou, esboçando um sorriso.

Com um pedaço de papel, marcou a página em que parou a leitura, depositando a revista sobre o balcão. Em seguida, posicionou ao lado desta uma placa com os dizeres "toque o sino para ser atendido".

Seguiu a moça até a penúltima estante do grande salão, embrenhando-se por um dos corredores. Fez menção de procurar algo por entre as literaturas encapadas, e então observou os arredores. Não havia ninguém naquele corredor além das duas mulheres.

A jovem, que não aparentava mais de vinte anos, prensou Martina contra a estante de ferro, enroscando os dedos por entre seus cabelos acobreados. Beijaram-se. Martina passou as mãos sobre as fartas nádegas da moça, palpando-as com deleite, enquanto sentia os dedos dela deslizarem por seus seios. O som do sino as interrompeu.

Por entre os vãos das estantes, Martina observou o balcão da biblioteca, e então um semblante apreensivo lhe tomou a face.

— O que ele está fazendo aqui? —perguntou a outra jovem, ajeitando a roupa.

— Não faço ideia — Martina respondeu, rumando para o balcão.

A moça permaneceu atrás das estantes, encenando uma busca por entre os livros, e Martina se aproximou do rapaz, que jazia parado em frente ao balcão.

— Olha só quem apareceu aqui — disse, tentando aparentar naturalidade.

Ele sorriu, abraçando-a.

— Resolvi fazer uma visita na minha folga.

— Fico feliz — ela declarou —, mas estou um pouco ocupada agora.

— Tudo bem — respondeu Sebastian. — Eu só queria vê-la um pouquinho.

Ela sorriu, um pouco desconcertada, e retribuiu o abraço, repousando a cabeça no peito do noivo. Sebastian a segurou pela cintura, dando um beijo no topo de sua cabeça.

— Desculpe não poder dar muita atenção agora — ela disse.

— Não se preocupe com isso, linda. Eu sei que você precisa trabalhar. Eu só queria matar a saudade mesmo.

Martina suspirou, ainda com a cabeça no peito de Sebastian, observando um ponto fixo na parede. Gostava dele. Sentia um grande carinho por ele, e a chateava não dizer a verdade. Por outro lado, poderia ela dizer a verdade? Para ele, para seus pais? Conseguiria arcar com as consequências do seu desejo? Desejo esse que, por sinal, subsistia desde a infância, e com o qual Martina travara incontáveis batalhas, tentando canalizá-lo a algum homem. Até surgir Sebastian.

Não que ele lhe causasse grande desejo, mas ela gostava dele. E isso tornava menos sofrível sua tentativa de alinhar-se ao que julgava ser o correto. Todavia, Sebastian funcionara durante um curto período. Ela pôde, em um grande gesto de autopoliciamento, abster-se de cobiçar outras mulheres, mas isso foi antes de Berenika.

A jovem, que era uma leitora assídua desde sempre, passara a frequentar a biblioteca com certa constância, e Martina não foi capaz de fugir de seus olhares devotados. E tentou. Tentou até a exaustão, quando o desejo falou mais alto, e as duas moças passaram a trocar olhares lascivos quase todos os dias.

M. Sardini

Não seria capaz de traduzir em palavras a mescla de sensações que lhe tomou o estômago no dia em que a mão de Berenika, por acidente ou não, encostou na sua. Ali foi o marco de uma travessia sem volta.

Naquele dia, Martina soube que não poderia fazer diferente. Foi apenas uma questão de tempo até que as duas dessem o primeiro beijo, atrás das estantes de livros, com uma voracidade que transparecia o desejo reprimido desde muito cedo. Também não tardou para que Martina descobrisse o que era um orgasmo, derretendo-se na boca de Berenika, enfurnadas no banheiro da biblioteca.

Desde então, passara a viver uma vida dupla. Fora da biblioteca, uma noiva amorosa; dentro, uma amante ardente. E aquela dualidade a estava levando à fadiga e estresse. Precisava "resolver" a situação e, por mais que em seus rascunhos mentais concluísse que precisava pôr fim ao seu caso com Berenika, um forte calor no peito não permitia que isso acontecesse. A situação já se estendia por meses, e Martina sentia-se debatendo em uma areia movediça, afundando mais e mais a cada movimento.

Naquele dia, retornou para casa, no fim da tarde, remoendo o que se passava dentro dela. Com a cabeça encostada na janela do trem, tentava afastar a imagem de Berenika, sem muito sucesso. Perdia-se em sentimentos antagônicos, mas que sempre culminavam em uma ácida reprovação interna, e Martina não aguentava mais digladiar consigo mesma.

— Mãe? — gritou, atravessando a porta de casa.

Sem resposta, deixou a mochila sobre o sofá, verificando o quarto de Eva. Estava dormindo. Dirigiu-se para a cozinha, onde pegou uma maçã, e, durante as primeiras mordidas, avistou um bilhete ao lado do telefone:

"Ian, se puder, busque a minha bolsa com a Sabina. Falei com ela hoje e ela estará na casa da minha avó após as 18 h."

Embaixo, um endereço, anotado em letras cansadas, estampava o papel branco. Já havia alguns dias que Eva não saía de casa, passando boa parte do tempo na cama, sob o efeito de medicações. Martina manteve os olhos fixos sobre o bilhete, finalizando sua maçã. Então, rumou de volta para a sala, apanhando a mochila e saindo pela porta com o bilhete na mão.

A ponta do cigarro se iluminou pela brasa acesa. Sabina expeliu a fumaça, afundando-se no sofá da sala. Os dias seguidos de trabalho e visitas hospitalares cobravam seu preço, revelando-se em profundas olheiras arroxeadas.

Até então, seu sentimento predominante era de raiva. Raiva da bendita irmã mais velha, que, por óbvio, adoecera após um dia cuidando da avó. Era tão típico, Eva querendo ser o centro das atenções, não sabendo lidar com os infortúnios da vida. Sempre fazendo seu show particular. E, no fim, sobrara tudo para Sabina, como sempre. Nada que a tivesse causado grande surpresa. Afinal, Sabina estava acostumada a ser sozinha com a avó desde os sete anos de idade, e nunca contara muito com a irmã desde então.

Naquele dia, porém, outro sentimento predominava. O medo. E este já se emoldurava na fumaça do quinto cigarro consecutivo da moça.

Como já havia virado um hábito nos últimos dias, Sabina saía do trabalho, ia para casa, tomava um banho, jantava e então passava as noites com Irena, no hospital. Entretanto, estava cansada demais e decidira fazer uma visita à avó mais cedo para poder dormir em uma cama ao menos uma vez na semana. Saíra, portanto, do trabalho e passara direto no hospital. Estava animada com a notícia da evolução de Irena e ansiava por levá-la para casa em breve. Chegando no local, foi surpreendida por duas coisas.

A primeira delas foi a notícia de que Irena tivera uma piora repentina naquela tarde, e que os médicos acreditavam que ela não aguentaria muito tempo. Estava lúcida, acordada e até conseguira escrever alguns rabiscos em um papel. Segurava a caneta até que bem, ainda que os rabiscos saíssem descoordenados, e vinha aprimorando sua comunicação com os médicos. Todavia, uma súbita recaída desacreditou toda a equipe. O quadro era grave, e uma simpática médica informou do melhor jeito que pôde a situação para Sabina.

Não bastasse, havia uma segunda coisa: a moça. Aquela mulher cadavérica, cujos olhos brilhavam no escuro e ocupavam todo o globo ocular com duas bolas negras, e que de tempos em tempos espreitava na escuridão do quarto de Irena.

Pelos cálculos de Sabina, a moça aparecia a cada sete anos. Lembrava de tê-la visto pela primeira vez em 1967. Depois desaparecera, de súbito. Em uma noite, em 1974, Sabina assistia à televisão madrugada adentro quando um barulho no quarto de Irena a assustou. Bastou chegar até a porta para notar os olhos da moça a fitando no breu. De novo, em 1981.

Naquele fim de tarde, a moça retornara. Como estavam no auge do inverno, já havia anoitecido quando Sabina chegou ao hospital por volta das quatro horas da tarde, e Irena se encontrava no quarto para onde fora transferida, dormindo com as luzes apagadas. Seu sono era velado por uma presença sombria, e Sabina reconheceu de imediato o par de olhos num canto escuro.

M. Sardini

Apesar de não apreciar o aspecto cadavérico daquela coisa, não era bem medo o que sentia. A avó sempre dissera que aquilo era, de alguma forma, uma parte dela mesma, e que, portanto, não havia necessidade de temê-la. E de fato a coisa nunca fizera nada além de postar-se ao lado de Irena depois do anoitecer.

Entretanto, daquela vez havia algo diferente. Não saberia explicar a razão, mas Sabina sentia que a aparição da estranha moça tinha alguma coisa a ver com a súbita piora de Irena.

Como sempre, ninguém mais parecia notar a presença no quarto. A médica passou por ela algumas vezes, indiferente, até deixar avó e neta a sós. Sabina decidiu não acordar Irena, que aparentava tranquilidade em seu sono, e apenas beijou-lhe a testa, prometendo voltar mais tarde. À criatura, nunca tinha vontade — ou coragem — de dirigir palavra alguma. Apenas olhou-a demoradamente, reparando em seus longos cabelos, sempre de aparência molhada. Em seguida, retirou-se do quarto.

Seus planos de dormir em casa foram abortados. Não poderia passar a noite longe da avó, naquele estado. Decerto que não suportaria a ideia de Irena morrer durante a madrugada, sozinha com aquele ser estranho, cercada por pessoas desconhecidas.

Ao chegar em casa, afundou-se no sofá, e ainda ali estava, já devorando o sexto cigarro consecutivo. Uma das mãos, trêmula, segurava o fumo preso entre o dedo indicador e o dedo médio. A outra massageava a têmpora. Sentia medo. E uma profunda solidão.

Precisava terminar sua rotina diária: tomar banho, jantar e voltar para o hospital. Dividia-se entre a vontade de fazer isso o mais rápido possível, para não perder um segundo sequer do que sobrava da vida da avó, e ficar ali, no sofá, para todo o sempre.

Suspirou, levantando-se, em um gesto de esforço, e arrastou os pés até a porta do quarto de Irena. Acendeu a luz e observou com atenção a cama da avó. Ela com certeza teria dado um chilique se visse Sabina fumando ali. A avó detestava o cheiro de cigarro, e Sabina lembrava-se das broncas eternas com um sorriso triste no rosto. Talvez nunca mais visse Irena deitada naquela cama. Talvez nunca mais visse Irena naquela casa.

Entrou no quarto, sentando-se na beirada da cama, e chorou. Órfã de mãe e sem saber quem era seu pai, despedir-se de Irena seria despedir-se de tudo o que ela conhecia como família, e da única pessoa que cuidava dela.

Com olhos marejados, varreu o cômodo repleto de lembranças. O guarda-roupas, a sapateira, a velha estante de livros já empoeirada. A respiração parou por um segundo quando seus olhos se depararam com uma figura de formas esquálidas que se esgueirava por um canto escuro. Sabina podia vagamente ver o rosto da criatura, mas não era o espectro que sempre acompanhava sua avó. Havia um par de olhos destruídos, saltados para fora das órbitas, dependurados sobre um rosto ensanguentado e em pedaços.

Sabina saltou da cama, deixando cair o cigarro em brasa. Levou uma das mãos ao peito enquanto recuava em passos temerosos, sem despregar os olhos daquela visão. Conforme aquele ser caminhava para fora das sombras, seus traços tornavam-se mais visíveis. Era uma mulher. Os cabelos eram longos e ruivos, melecados com o sangue que vertia do topo da cabeça, por onde se via uma grande rachadura.

— M... mãe? — gaguejou, sem sequer dar-se conta disso.

Não se lembrava de Bianka, mas a conhecia por fotos. E certamente ela não se assemelhava em nada àquele cadáver em decomposição que jazia em pé em um canto do quarto, derramando sangue e fluídos corporais sobre o tapete marrom. Bianka era linda, de pele bem clara, cabelos rubros, e olhos castanhos. Mas Sabina tinha plena ciência de como havia sido a morte de sua mãe, e era, como aprendera na infância, sensitiva o bastante para reconhecê-la.

A aparição nada disse. Apenas ergueu, a muito custo, um dos braços, apontando para a estante de livros. Da ponta do dedo indicador, gotejava uma gosma putrefata, com um odor fétido de corroer as narinas.

Sabina *não conseguia se mover. Seu corpo tremia por inteiro, em um movimento intenso e contínuo, e os olhos lacrimejavam por quase não piscarem. Apenas quando um cheiro de queimado* misturou-se ao aroma fúnebre, Sabina conseguiu desvencilhar-se do estado de transe. A ponta do tapete marrom pegara fogo e, em meio à fumaça, irrompiam pequenas chamas, consumindo a bituca do cigarro.

Sabina debruçou-se sobre o tapete, usando a outra ponta para abafar o fogo até apagá-lo. O estrago não foi grande, mas o incidente durou tempo o bastante para que a jovem se percebesse sozinha no quarto outra vez.

Apreensiva, ergueu-se do chão, revistando todo o cômodo. Em seguida, aproximou-se da estante de livros, observando-a. Bianka queria dizer alguma coisa, e Sabina tinha certeza disso. Mas o quê?

Com as mãos ainda trementes, começou a retirar as dezenas de livros do lugar, um a um, assoprando a poeira que se depositara sobre eles. Irena *não gostava que mexessem em suas coisas, e por isso Sabina não fizera nenhuma limpeza naquele quarto desde o AVC da avó. Os livros, alguns até com teias de aranha, eram, em sua maioria, romances de época, gênero preferido de* Irena.

Finalmente, um papel se desprendeu de um dos livros e caiu no chão. Sabina soube de imediato que deveria lê-lo. Para sua total surpresa, uma letra estremecida anunciava um teor desconcertante:

Mãe, espero que me perdoe por fazer isto por carta, mas não tenho coragem de fazer em pessoa. Espero também que não seja tarde demais para pedir desculpas e para dizer o quanto acredito em você.

Eu sei que passou por coisas horríveis desde a infância, e nem imagino o que seja viver o que você viveu. Por mais que tente, eu não consigo conceber o que seu pai fez. Sinto muito que você tenha passado por isso, e sinto ainda mais pelo que aconteceu depois.

Hoje eu sei que às vezes morrer é preferível à sua alternativa. Às vezes, a morte é o nosso lugar, e não parece certo sermos poupados dela. Não acreditei em você antes, e eu estava errada.

O estridente som da campainha sustou a leitura de Sabina. Por um segundo, pensou em ignorar e continuar devorando as palavras estremecidas no papel, mas as batidas consecutivas na porta a convenceram. Dobrou a carta, segurando-a na mão, e dirigiu-se, impaciente, à entrada da casa.

Ao abrir a porta, deparou-se com um rosto desconhecido.

— Pois não? — perguntou, confusa.

— Você é a Sabina? — A jovem parecia tensa.

— Sim. E você é...?

A moça hesitou.

— Eu acho que você não me conhece, mas eu sou sua sobrinha. Sou filha da Eva.

Sabina fitou a menina com espanto. Não via sequer fotos da sobrinha havia anos e não seria capaz de reconhecer as faces rosadas que vira na maternidade mais de duas décadas antes. A carta desprendeu-se de seus dedos relapsos, atirando-se ao chão, quase ao mesmo tempo que uma generosa lágrima escorreu por seu rosto.

— Martina!

Corpo imóvel
Pupilas dilatadas
Arrebatam o silêncio
As vozes colapsadas

O quarto irrompia em fendas de luzes vindas da janela. Eva remexeu-se na cama, afundando a cabeça sobre o travesseiro. Suas pálpebras estremeceram, como se os olhos se revirassem por baixo destas, até que, de súbito, abriram-se, revelando pupilas dilatadas a fitar a penumbra. Assim permaneceram por uma fração de segundo, vítreas, fixas no teto do quarto.

Eva reconheceu o recinto onde se encontrava. Reconheceu a cabeceira da cama e o pequeno lustre. Em silêncio, moveu apenas os olhos para o lado esquerdo, reconhecendo também a janela, as grades, o papel de parede e o quadro com uma foto antiga de Praga.

Deu-se conta de que uma forte pressão lhe acometia o peito, como se algo ou alguém lhe comprimisse o tórax. Tentou inspirar, percebendo que não conseguia se mover. Nem os braços nem as pernas, nada. Era incapaz de mover qualquer coisa além dos olhos. A voz também lhe faltou quando Eva tentou chamar pela filha, Martina. Era como se sua consciência houvesse se adiantado ao corpo no despertar.

Empenhou-se em manter a calma. Inspirou e expirou algumas vezes, esforçando-se para mexer os dedos dos pés, muito embora não tivesse certeza se estava obtendo algum êxito ou não. Foi quando um lamento angustiado atravessou o quarto. Eva interrompeu-se, girando os olhos por todo seu campo de visão. Não havia ninguém ali. As lamúrias, todavia, eram incessantes e pareciam cada vez mais altas. Eram vozes de mulheres, em prantos, pedindo por ajuda, por socorro. Vozes cada vez mais nítidas, mais próximas, e Eva pôde distinguir algumas frases em meio ao coro desalentado.

"Não me deixe morrer aqui!", dizia uma delas. *"Pai!"*, clamava outra.

As vozes ficavam mais e mais ruidosas, mais histéricas, agoniadas, até culminarem em um coro de gritos e urros. E então ela apareceu. Primeiro, era um contorno escondido na escuridão. Depois, dois grandes olhos irromperam nas sombras, brilhando, e pareciam mirar Eva. E então um espectro se fez visível, parado na porta do quarto.

Era uma forma feminina, de curvas discretas. Sua pele, de uma brancura quase etérea, parecia reluzir diante da parca luz que entrava pela janela, e contrastava com os grandes olhos negros. Estava completamente nua, e os cabelos, escuros e longos, dependuravam-se por toda a altura de seu corpo. Não era muito baixa, mas tinha uma estrutura física de pequenas proporções, exceto pelos seios protuberantes, que despontavam em meio aos fios escuros de aspecto encharcado. Não tinha, conquanto, genitais. A virilha era lisa e redonda, por onde gotejavam fartas gotas de água. Os braços jaziam dobrados, e os dedos pálidos, interligados por uma espécie de membrana um tanto quanto transparente, acariciavam os próprios cabelos com tranquilidade. O semblante era apático, e ela fitava Eva em silêncio.

Eva tentou se mexer, tentou gritar, mas não tinha controle algum sobre o próprio corpo. Apenas foi capaz de observar, impotente, quando a lívida mulher resolveu se aproximar, sem pressa, em um caminhar liso, como se deslizasse por sobre o rastro fluido que deixava no chão. Postou-se ao lado de cama, ainda em silêncio. Era rodeada apenas pelas invisíveis vozes coléricas que circundavam todo o quarto.

Em desespero, Eva conseguiu emitir um grunhido incompreensível quando o espectro translúcido se inclinou sobre ela. Os longos cabelos da criatura resvalaram por sobre seu rosto, e então todo seu corpo recobrou os sentidos.

Eva se debateu, aos berros. Bastou aquele despertar para que a mulher desaparecesse, assim como as vozes. Em um movimento rápido, alcançou o abajur na cabeceira da cama, iluminando o quarto. Aflita, passou as mãos espalmadas pela face, certificando-se de que não estava sonhando. Em seguida, varreu todo o cômodo com os olhos.

Somente então acalmou-se. Convencida de que tivera um pesadelo, foi, aos poucos, normalizando a respiração, antes ofegante, e então recostou-se contra o travesseiro. O silêncio da casa despertou sua atenção.

— Tina? Ian? — Não houve resposta.

Checou o relógio do quarto, constatando que ao menos Martina já deveria estar em casa. Ainda um pouco desorientada, resolveu deixar a cama para procurar a filha. Um arrepio frio escalou sua espinha dorsal quando os pés, descalços, tocaram uma poça aquosa no carpete.

Eva saltou da cama e correu até o interruptor, iluminando ainda melhor o quarto. O rastro úmido trilhava o caminho exato que aquela mulher fizera, da porta até a cabeceira.

Piscou algumas vezes, apertando as pálpebras, mas o carpete molhado se mantinha ali, intacto diante de seus olhos. Sua perplexidade, todavia, foi interrompida por uma repentina crise de tosse.

Eva agarrou-se à parede, curvando-se para frente, e tossiu até quase vomitar. Do fundo de sua garganta, alguma coisa a arranhava, raspando por dentro. Tateando a parede, ela saiu pela porta do quarto, seguindo pelo corredor até o banheiro. Debruçou-se sobre a pia, acometida pelas tosses com tal intensidade que mal podia respirar. Enfim, uma gosma preta estatelou-se sobre a louça branca.

As tosses cessaram, e ela respirou com dificuldade. Encarou aquilo na pia num misto de curiosidade e horror. As mãos, trêmulas, alcançaram sua escova de dentes. Com o cabo plástico, Eva remexeu a gosma de maneira receosa, revelando fiapos e folhas em meio à baba escura.

Isso é alga?

A visão daquela coisa fez sua mente vaguear para os tempos de infância, para quando vivia com a avó na cidade de Pilsen. Uma noite em particular ambientou suas recordações. Era tarde, e Eva não conseguia dormir, incomodada com o som agudo de algum animal noturno, que aparentava gritos de uma criança.

Decidiu recorrer à avó, que já havia se recolhido aos seus aposentos e já devia estar dormindo. Ao sair do quarto, porém, Eva avistou a luz do banheiro acesa e caminhou na ponta dos pés, até encontrar Irena vergada sobre a pia. A avó parecia regurgitar, alheia à presença da neta, e Eva pôde ver quando uma espécie de alga dependurou-se dos lábios de Irena.

Aquilo vertia um líquido preto, de aspecto pegajoso, que gotejava sobre a louça branca da pia. Apavorada, Eva gritou, tapando a boca, logo em seguida, com ambas as mãos. Irena saltou para trás, limpando o líquido escuro dos lábios. Encarou a neta com olhos assustados e então fez um sinal para que ela se acalmasse. Tentou se aproximar, mas Eva andou para trás, fazendo um gesto negativo com a cabeça. Seu torpor foi tanto que as pernas formigaram, e um passo em falso a fez cair de costas. A cabeça se chocou contra o rodapé do corredor.

Tudo ficou escuro.

Dimitri não teve dificuldades em descobrir quem era a família que residia naquela casa. Desde o dia em que tentara se passar por guarda-florestal, não conseguia parar de pensar em Martina e sequer sabia o porquê.

Não vira nada de incriminador, mas alguma coisa naquela moça parecia errada. Ainda que aquilo não fizesse sentido algum, Dimitri aprendera, desde cedo, a não ignorar suas intuições, e soube de imediato que deveria investigar melhor. Sem muito esforço, descobriu que ali residia a família Pollock, formada pelo estrangeiro Ian, sua esposa, Eva, e a filha, Martina.

Para todos os fins, parecia uma família comum, sem nenhum dado extraordinário. Nada que pudesse fazer soar um alerta vermelho. Não obstante, ressabiado, prosseguiu com sua perquirição, encontrando os registros de Bianka Svobodová, e, por sua vez, constatou que Eva tinha uma irmã. Também apurou que Bianka era filha única de Irena Svobodová.

— Só mulheres — murmurou, finalizando um cigarro dentro de seu veículo preto, estacionado na frente da casa da família Pollock. — Só mulheres.

Avistou quando Martina irrompeu pela porta de entrada da casa, subindo em uma motocicleta amarela, e decidiu segui-la. Apagou o fumo no cinzeiro do carro e não foi capaz de esconder o sorriso torto e malicioso que se manifestou de imediato.

Não sabia o que estava por vir, mas o sexto sentido lhe dizia que era algo grande.

A mão balança o rebento
Os lábios proferem a canção
A voz repete o acalento
Da tão antiga tradição.

Brno, 1967

Tili-tili-bom[4]
Zakroyglazaskoreye
Kto-to khodit za oknom
I stuchitsya v dveri.

Tili-tili-bom
Krichitnochnayaptitsa
On uzheprobralsya v dom
K tem, komu ne spitsya.

On idet on uzheblizko.

---
4 Repetição do trecho da canção de ninar russa.

Sabina segurava no colo o bebê recém-nascido, acariciando a penugem acobreada sobre sua minúscula cabeça. Sentada na poltrona do hospital, ela balançava as pernas no ar, com um sorriso bobo no rosto.

— Onde você aprendeu isso? — Irena perguntou, surpresa.

A menina deu de ombros, tornando a cantarolar para a sobrinha.

— Você cantava para a gente. — A voz de Eva soava cansada.

— Eu? — Irena estava ainda mais surpresa. — Eu, não. Nunca cantei essa música para vocês.

— Qual o nome dela? — perguntou Sabina para Eva.

— Da música?

— Não, da bebê — Sabina divertiu-se.

— Martina — disse Eva, abrindo um sorriso. — Rima com Sabina.

A menina retribuiu o sorriso, voltando-se para a recém-nascida:

— Oi, Martina. Bem-vinda.

— Ainda não entendi de onde saiu essa música — Irena prosseguiu, incomodada.

Eva e Sabina se entreolharam.

— Eu me lembro de ouvir a Eva cantando para mim — disse Sabina, ainda acariciando a cabeça de Martina.

— Então você aprendeu isso com a Eva, não comigo.

— E eu aprendi com você — resmungou Eva, ajeitando-se na cama do hospital.

— Você deve ter aprendido na escola. — Irena fazia um gesto negativo com a cabeça.

— Não, Irena. Eu aprendi com você. Tenho certeza! — bradou Eva.

— Como, se eu nem sei cantar essa música? Eu não falo russo! — Ela aparentava uma irritação desproporcional.

— Sabe, sim. Você cantou para mim várias noites, quando eu era criança. E lembro de ouvi-la cantando quando a Sabina nasceu. — Eva já estava impaciente.

— Eu jamais cantaria essa música para vocês. Ela me dá arrepios — bradou, certificando-se de que não havia ninguém próximo à porta.

— Isso é russo? — perguntou Sabina, curiosa e perdida com a discussão.

— É uma canção de ninar russa, bem antiga — respondeu a irmã mais velha. — E eu me lembro muito bem de ouvi-la cantar todas as noites quando a Sabina era bebê. Agora, o porquê, eu já não sei.

— Eva, eu não sei cantar essa música! Não foi comigo que vocês aprenderam isso.

— Você ainda canta, vó — interrompeu Sabina.

— Quando que você me ouviu cantar isso?

— Ontem — respondeu a garota.

— Ontem? Eu... De onde você tirou essa história? — gaguejou, inconformada.

— Você cantou ontem, quando eu me deitei para dormir. Um pouco antes do Ian ligar para avisar que a Martina tinha nascido.

— Sabina, quando você foi se deitar, eu já estava dormindo!

— Não estava, não.

— Estava, sim.

— Ai, chega! — exclamou Eva. O bebê, assustado, começou a chorar.

— Tá bom, não foi você que nos ensinou isso. Eu e a Sabina somos loucas e você está certa. — Fez uma pausa, esticando os braços na direção de Martina. — Olha o que você fez. Traga ela aqui para mim.

Um semblante confuso e triste estampou o rosto de Irena. Ela andou até Sabina, tomando o bebê nos braços, e então o entregou para Eva. A moça aninhou a criança junto ao peito desnudo, encaixando os pequenos lábios no bico de seu seio esquerdo. Assim que a recém-nascida se acalmou, ocupando-se do leite da mãe, Eva fez um sinal com a mão, apontando a porta.

— É melhor vocês saírem — murmurou, alisando as costas da pequena Martina. — Já deu por hoje.

Irena ajudou Sabina a descer da poltrona, segurando-lhe a mão, e as duas se retiraram do quarto. Aquela seria a primeira e última vez que ambas veriam Martina. Minutos depois, Ian atravessou a porta, carregando dois sacos marrons de papel. Vasculhou o quarto com os olhos, estagnando na entrada.

— Ué? Cadê sua avó? Eu trouxe *trdelník*[5].

— Foi embora — Eva respondeu, de maneira ríspida.

— Mas já? Por quê?

— Ela ficou tempo o suficiente para me irritar.

Ian suspirou, cansado, aproximando-se da esposa e da filha.

— Bom, eu trouxe castanhas para colocar dentro. Você quer?

— Agora, não. Obrigada.

— Vou fazer um para mim, então. — Ian fez uma pausa, observando Eva amamentar a filha. — Querida, você não acha que pega muito pesado com a sua avó? Quer dizer, ela pode ser meio maluca, mas é sua avó.

---

5 Doce típico do leste europeu. Consiste em um pão doce, assado em espeto, na forma decanudo. Pode ou não ter recheio, que varia de região para região.

Eva o encarou com olhos sérios.

— Você sabe qual foi a primeira coisa que ela disse quando soube que era uma menina? "Que bom que a sua mãe fez o que fez."

Ian arregalou os olhos, em silêncio. Ela repetiu:

— "Que bom que a sua mãe fez o que fez", Ian. — Eva desviou os olhos para o bebê em seus braços. — Como alguém pode ser capaz de dizer isso da própria filha? E ela disse de um jeito tão espontâneo que eu sequer consegui reagir. Ela fingiu que não disse nada, eu fingi que não ouvi, e ficou por isso mesmo.

— Eu... não sei dizer o que dizer — balbuciou Ian, postado ao lado da cama.

— Ela é doente! E acredite em mim, você não sabe nem da metade. — Eva soava colérica.

— Eu acredito, querida. — Ele deu um beijo no topo da cabeça da esposa. — Eu acredito.

— Eu não quero que a nossa filha cresça no meio desse tipo de coisa.

Ian apenas assentiu com a cabeça.

> *Ao lado do corpo, balançam*
> *Os braços finos, extensos e lentos*
> *E quase o joelho alcançam*
> *Os dedos ligados por filamentos*

Brno, 1988

— Martina! — Uma voz embargada fez-se ouvir do fundo da garganta de Sabina.

O papel, que trazia à mão, com a carta de Bianka, desprendeu-se de seus dedos, fazendo movimentos tortuosos até o piso da entrada. Martina não teve reação, observando desconcertada a tia. Alguns segundos de silêncio se seguiram.

— Você... — Martina arriscou, quase gaguejando. — Você me conhece, então?

Sabina a tragava com olhos estupefatos. Decerto não havia palavras no mundo capazes de expressar o emaranhado de pensamentos que se apossou de sua mente. Tantas perguntas, tantas coisas a dizer. Tantas declarações guardadas por tanto tempo.

A lembrança da pequena Martina, de bochechas coradas e a cabeça coberta por um suave tapete ruivo, vinha à sua mente em cenas lentas e calorosas.

Martina, que rima com Sabina.

E agora deparar-se com aquela mulher. *Uma mulher! Uma mulher formada.* Tão alta quanto — ou até mais — que Sabina. Sequer deu-se conta quando seus braços envolveram a sobrinha em um enlace quase desesperado.

Martina manteve-se estática, os braços junto ao corpo. Até poucos dias atrás, sequer sabia da existência da irmã de Eva e, por mais que a ideia de ter uma tia quase da sua idade possuísse um certo charme, não esperava aquela reação. Era, no mínimo, um pouco desconfortável.

Sabina retomou a compostura, esticando a coluna e desvencilhando-se da sobrinha. Desviou do olhar constrangido da jovem.

— Acho... — aventurou-se, em um tropeço de palavra. — ... que posso dizer que sim.

A sobrinha piscou algumas vezes.

— Sim o quê? — perguntou, tímida.

— Você me perguntou se eu a conheço. Acho que posso dizer que sim.

— Ah...

Mais alguns segundos de um silêncio incômodo precederam os dizeres de Sabina:

— É como olhar no espelho. — A jovem sobrinha a observou, preparando-se para dizer mais alguma coisa.Sabina adiantou-se:— Você não tem nada da sua mãe. É impressionante como puxou à nossa família. Digo, eu, minha mãe, minha avó. — Fez uma pausa, atrapalhada. — Acho que a sua mãe se parece com o pai dela.

— Quem é o pai dela? — Martina parecia interessada.

Sabina percebeu o equívoco.

— Ah, não. Quer dizer, eu não sei. Acho que Eva também não sabe. Quis dizer que sua mãe não tem os traços da família da minha mãe. Você tem.

Martina assentiu com a cabeça, um pouco confusa. Conquanto, não podia deixar de concordar que as semelhanças entre ela e a tia eram assustadoras. O mesmo formato dos olhos, o queixo proeminente. Sabina também tinha fartas sobrancelhas acobreadas, e até as sardas, ainda que discretas, concentravam-se na região do nariz, como as de Martina.

De mais a mais, sentia-se satisfeita por saber que era parecida também com sua avó e sua bisavó, mulheres das quais Eva nunca gostara muito de falar a respeito e cujo interesse permeava sua imaginação desde cedo. Martina sabia apenas que sua avó, Bianka, cometera suicídio, e que a bisavó não batia bem da cabeça.

— Você quer entrar? — ofereceu Sabina, recolhendo a carta da mãe do chão e guardando no bolso.

Martina aceitou, pendurando o grosso casaco, o cachecol e o gorro em um cabideiro ao lado da porta e seguindo a tia até a sala. Sentaram-se, uma em cada ponta do sofá, ainda sob um clima desaconchegado.

— Minha mãe me pediu para buscar a bolsa preta dela. Disse que estava com você. — A jovem apressou-se, imaginando que Sabina indagaria o motivo de sua repentina visita.

— Sua mãe pediu, é? — A mais velha não estava convencida. — E como ela está?

— De cama. Desde aquele dia...

Sabina a interrompeu:

— Desde o chilique no hospital. Sim, eu imaginei. Continua chafurdada nos remédios?

O tom agressivo da tia soava estranho aos ouvidos de Martina.

— Sim — respondeu, insegura.

— Tão óbvio. — Sabina balançou a cabeça, em um sinal de reprovação. A sobrinha calou-se, acuada pelo notório ressentimento de sua tia. — Ah, desculpe. Você não tem nada a ver com isso. Aliás, que grosseria a minha, nem ofereci nada. Quer beber alguma coisa? Um café, um chá? Uma cerveja, talvez? Você já tem idade para beber, certo?

— Uma cerveja — enunciou de pronto. Álcool parecia uma boa ideia.

— Ótima escolha!

Sabina levantou-se, guiando-se até a cozinha. Com o tronco em parte debruçado dentro da geladeira, gritou para Martina, na sala:

— Mais forte ou mais fraca?

— Forte — Martina gritou de volta, ajeitando-se no sofá.

Logo após, Sabina regressou com duas canecas grandes, repletas de um líquido turvo dourado-escuro. Entregou uma delas à sobrinha e retomou seu lugar na outra ponta do sofá. Ambas fizeram um sinal de brinde, entornando a cerveja.

— E então — iniciou Sabina —, sua mãe não sabe que você está aqui, não é?

Martina congelou. Um arrepio frio subiu-lhe pela espinha ao mesmo tempo em que o rosto parecia queimar. Não respondeu, e Sabina prosseguiu:

— O que a fez vir até aqui sozinha?

M. Sardini

A sobrinha baixou os olhos, envergonhada.

— Na verdade, eu não sei — respondeu, por fim, em um fiapo de voz quase inaudível.

— Eu não a julgo — disse Sabina, após algum tempo, dando mais uma golada na cerveja. — Curiosidade, até certo ponto, é saudável.

— Não foi só curiosidade. — Martina tomou fôlego, sem levantar os olhos. — Mas acho que a coisa vai ficar feia quando ela descobrir.

— A coisa vai ficar feia? — Sabina emanava cinismo. — Quando ela descobrir que a filha quis conhecer a tia? E por que razão?

Ambas sabiam a resposta, mas Martina não tinha coragem de dizê-la em voz alta.

— Porque eu não pedi antes. Porque vim escondida. — Encontrou outra resposta mais simples.

— Então o problema seria fazer algo escondido?

— E sem permissão — Martina completou.

— Ah, bem, isso é fácil de argumentar. Ela também faz coisas escondida e sem permissão. Você pode confrontá-la com o livro proibido que ela carrega na bolsa, por exemplo.

Silenciaram-se. Martina não sabia do que a tia estava falando, mas carregava consigo a forte convicção de que as regras da mãe não se aplicavam a ela própria.

— Que livro proibido?

— Ah, um maravilhoso! Com contos de Milan Kundera, conhece? É um autor daqui de Brno que publicou um livro chamado *A Brincadeira*, fazendo uma sátira ao totalitarismo da União Soviética. Dá para imaginar o que aconteceu depois.

— Ele morreu?

— Não que eu saiba. Foi esperto e fugiu para algum lugar mais decente, mas as obras dele são proibidas aqui.

Martina piscou algumas vezes, tentando assimilar a informação de que a mãe lia livros banidos pelo governo, o que poderia ter consequências muito graves se alguém descobrisse.

— É difícil argumentar com ela — conseguiu dizer, por fim.

Sabina serviu-se de mais um farto gole de cerveja.

— Ou podemos só fingir que você nunca esteve aqui. E eu mantenho a bolsa e o livro seguros até sua mãe vir buscá-los.

— Parece uma ideia melhor. — Martina sorriu. — Eu também não gosto de mentir para ela, mas... — Fez uma pausa, olhando ao redor. Não tinha ainda reparado nos detalhes da casa da bisavó. Perdeu-se em seu raciocínio quando seus olhos encontraram um pequeno caldeirão negro repousado em uma estante ao lado da televisão.

Sabina notou a reação da sobrinha, olhando na mesma direção de seus olhos sobressaltados. Sem entender, perguntou se havia algum problema.

— Ah, não... Eu só... Não é nada.

— Hum. — A tia depositou sobre ela o par de olhos cor-de-mel.

— É só que eu não sabia que... — Apontou para o caldeirão.

— Que...? — repetiu Sabina, confusa.

— Minha mãe me disse que as pessoas chamavam a dona Irena de bruxa. Eu não sabia que era literal.

Uma espontânea gargalhada disparou da garganta de Sabina. Não sabia ao certo se ria do comentário assustado da sobrinha, ou da forma como deixava clara a falta de intimidade com a bisavó.

— Você acha que a minha avó é uma bruxa por ter um caldeirão decorativo na sala? — Não conseguia conter o riso.

Martina não respondeu, encabulada. Estava arrependida de ter dito aquilo. Sua tia continuou:

— Acho que depende do que você considera uma bruxa. Se você quer saber se ela cozinha bebês recém-nascidos em sangue de virgens naquele caldeirão ali, não. Nem caberia, de qualquer forma.

— Não, não era isso que eu imaginava — respondeu Martina, retraída.

Sabina divertiu-se:

— Agora, se ser bruxa quer dizer que ela não é uma mulher *obediente*... — Fez sinal de aspas com os dedos. —...aí acho que sim. Aí podemos dizer que, graças a Deus, ela é uma bruxa.

Martina a observou em silêncio, finalizando sua cerveja. Sabina levantou-se, apontando para a caneca da sobrinha. A jovem consentiu, entregando-a. Sabina dirigiu-se até a cozinha, retornando pouco depois com mais do líquido dourado turvo.

— Acho que todas aqui somos bruxas, nesse caso — emendou Sabina, ajeitando-se de novo no sofá.

— De sermos desobedientes? — Martina arriscou-se.

Sua tia concordou com a cabeça, cruzando as pernas.

— Minha avó é, eu sou. Você também é, pelo visto. Do contrário, não estaria aqui — disse, sorrindo. — Mas obedecer de maneira cega a algo ou alguém nunca foi uma virtude mesmo. Então orgulhe-se por ser uma bruxa e por pensar com a própria cabeça.

— Ser desobediente é motivo de orgulho? — provocou Martina, cética.

— Não, claro que não. — Sabina deu mais uma farta golada em sua cerveja. — Ser obediente sem questionar é que é burrice. Mas também não é fácil ser uma bruxa. — Ela riu, encarando a sobrinha. — É preciso muita coragem para ser uma. Ou loucura.

— Parece mesmo um pouco de loucura ter vindo até aqui — admitiu a jovem, envolvendo a caneca com as mãos.

— Pode ser que tenha sido, mas "existe um prazer garantido em ser louco e que apenas os loucos conhecem", já dizia John Dryden. Eu acho bem mais divertido viver assim. Além de que você pode eventualmente achar a resposta que está procurando.

Martina silenciou-se. De fato, estava procurando por uma resposta, mas sequer saberia formular a pergunta.

— Eu não entendo porque minha mãe nunca me falou de você — desabafou.

Sabina não esboçou reação. Bebeu mais um pouco de sua cerveja, mexendo nos cabelos.

— Sua mãe tem medo, Martina. — O tom de voz mudou de maneira drástica.

— De quê?

— De mim. Da minha mãe, da minha avó. Dela mesma.

— Mas por quê?

Sabina inclinou-se para frente, mantendo certa seriedade no rosto.

— Lembra o que eu disse sobre sermos bruxas? Nem todo mundo aceita isso muito bem. A sociedade não gosta de mulheres desobedientes. — Recostou-se de novo no sofá. — E sua mãe morre de medo de que você seja como a gente.

— Não sei. — Martina parecia confusa. — Ela fala como se a dona Irena fosse maluca, e nem gosta de falar da mãe dela.

— Minha avó tem seus problemas, e minha mãe também teve os dela. Todos temos. Mas acho que, no caso da sua mãe, o problema maior é ela mesma.

— Por quê?

— Ela tem medo de ser quem ela é. Talvez por medo de sofrer, não sei.

— Ela é tirana e exigente — disparou Martina.

Sabina fez um sinal negativo com a cabeça.

— Não. Não é, não — respondeu, apontando para a bolsa preta, que jazia sobre uma mesa no canto da sala. — Senti um *orgulhinho* da sua mãe, para ser sincera. Um fiapo de esperança. Tem um pouquinho de Eva escondido atrás dessa casca grossa dela. A Eva que lê Kundera às escondidas. A Eva que desafia as regras quando elas não fazem sentido. A Eva que não aceita regimes ditatoriais dizendo a ela o que ela pode ou não ler.

— Tenho que admitir que isso me deixou em choque. Não esperava isso dela.

— Eva tem muita dor dela dentro dela, eu não sei por quê. Ser tirana é só um jeito de se proteger. Lá no fundo, ela é uma mulher assustada e amedrontada. Frágil, como todo tirano é em seu íntimo. — Pausou durante alguns instantes, encarando um ponto fixo no chão. — Ela não falou de mim porque queria proteger você.

— Me proteger de quê? Da minha própria tia? Da minha família?

— Da dor de não se encaixar.

Martina não disse nada. Não tinha o que dizer. Apesar da distância entre Eva e a irmã, era claro para Martina que sua tia parecia entender sua mãe muito bem. Após pensar um pouco, decidiu abrir-se com Sabina:

— Eu estou noiva. De um homem. — Sabina ergueu as sobrancelhas, sem nada dizer. Martina prosseguiu: — Ele é um amor de pessoa, muito atencioso, mas… eu não tenho certeza se quero me casar com ele.

— Suponho que esse tenha sido o motivo de você ter vindo até aqui — enunciou Sabina, arrumando a postura.

Martina assentiu.

— Eu tentei conversar com a minha mãe a respeito, mas ela foi bem ríspida em dizer que eu estou causando problemas. — Seus olhos se marejaram.

— Sua mãe sabe? — perguntou Sabina. Martina ergueu os olhos de encontro aos da tia, com um semblante ambíguo. Não entendera ao certo a pergunta. Sabe de quê? De seus sentimentos? De suas dúvidas? Da existência de outra pessoa?— Ela não sabe — concluiu Sabina, os olhos sérios pesando sobre a jovem.

— Como assim? — A voz trépida.

— Que você não gosta de homens — Sabina arrematou, sem alterar o tom de voz.

Martina ruborizou. As mãos estremeceram, o coração acelerou. Era assim tão óbvio?

— Como você sabe? — ela perguntou.

— Você disse que está noiva *de um homem*. Não é um comentário muito usual.

A jovem suspirou, ainda sentindo o rosto arder.

— Não, ela não sabe. E acho que é melhor assim.

Sabina manteve-se em silêncio, apenas repousando um olhar acolhedor sobre Martina. Nunca havia pensado sobre essa possibilidade, mas decerto Eva não aceitaria bem a orientação sexual da filha.

As duas estavam tão concentradas uma na outra que sequer notaram, refletido na tela desligada da televisão, o esguio vulto de longos dedos interligados por membranas.

15

No escuro da madrugada
Ao encarar tal criatura
Só lhe resta, apavorada,
Aceitar a luta prematura

Pilsen, 1956

As reiteradas batidas na porta despertaram Eva. O relógio marcava pouco mais de três da manhã, e os passos ligeiros de Irena já estavam a caminho da entrada.

Eva levantou-se, esgueirando-se em seu pijama pela grade da escada, na tentativa de enxergar o tal visitante noturno. Antes mesmo que pudesse identificar alguma coisa, a voz desesperada irrompeu pela casa:

— Graças a Deus, vocês ainda moram aqui!

Eva a reconheceu, encolhendo-se na escada.

— O que você está fazendo aqui? — A voz de Irena era um misto de preocupação e repreensão.

— Está muito frio. Eu preciso de um lugar para passar a noite.

Não houve um gesto de convite para a entrada, tampouco houve negativa. Irena não seria capaz de dizer não, mas também preocupava-se com a neta e não queria que ela visse a mãe naquele estado.

Quando Bianka invadiu a sala, despindo-se de um enorme casaco masculino que trajava, seu rosto pálido encontrou os olhos da pequena Eva. Ela sorriu, e aquele sorriso foi a única coisa que Eva reconheceu da mãe, além dos cabelos ruivos.

Os ossos de seu rosto estavam salientes demais, as bochechas haviam desaparecido. Abaixo dos olhos, duas grandes bolsas arroxeadas se dependuravam, ressaltando ainda mais as pupilas injetadas.

O corpo todo tremia, e de tempos em tempos ela balançava a cabeça em um movimento rápido e irritante. Era evidente que estava drogada.

Irena emanou um suspiro triste ao perceber a presença de Eva. O que se diz a uma criança que vê sua mãe desse jeito? Tudo o pôde fazer foi fechar a porta, conduzindo Bianka até o sofá.

— Vou trazer alguma coisa quente para você comer — disse, aproximando-se da escada. — Vai dormir, filha — sussurrou para Eva.

A menina não obedeceu. Tratou de correr até a mãe, abraçando-a. Bianka retribuiu em um abraço ossudo e desajeitado. Seu corpo exalava um odor fétido e Eva torceu o nariz em uma careta.

Após ingerir uma sopa improvisada e tomar um banho quente, Bianka sentiu-se sonolenta, e Irena sabia que precisava arranjar um lugar para a filha dormir. Eva insistiu que a mãe dormisse em seu quarto, em sua cama. Receosa, Irena aceitou, colocando um colchão no chão para a criança.

Bianka adormeceu com um dos braços pendurados para fora da cama, de mãos dadas com a filha. Não obstante, a calmaria não durou mais que quarenta minutos. Pela segunda vez naquela noite, Eva foi acordada abruptamente. Agora, entretanto, a causa eram os gritos da mãe.

Ainda dormindo, Bianka começou a debater-se na cama, chutando para fora todo o cobertor, e gritando a plenos pulmões:

— Não, não, não! Ela quer me matar! Não!

Seu desespero era nítido, demonstrado não apenas na agonia em sua voz, mas também nas fartas gotas de suor que lhe escorriam pelo rosto.

Assustada, Eva começou a chorar, pouco antes de Irena entrar no quarto. A senhora agarrou a filha pelos ombros, chacoalhando-a. Bianka despertou, abrindo os olhos.

Em vez de se acalmar, contudo, os olhos fitaram Irena com espanto e, logo em seguida, Bianka tornou a gritar, desta vez chutando Irena para longe.

— Pelo amor de Deus, fica longe de mim! — urrava sem parar, os olhos estáticos em Irena.

— Para, mãe! Você está me assustando. — Eva chorava.

Bianka a ignorou. Continuou gritando enquanto encarava Irena com um semblante apavorado e quase sem piscar.

Quando os olhos negros do animal
Encontram os do caçador
Essa assembleia teatral
Desperta o homem, com louvor

Brno, 1988

Sabina e Martina não notaram o esguio vulto refletido na tela da televisão. Também ignoraram quando este caminhou em passos vagarosos e desconjuntados em direção ao corredor, sumindo nas sombras.

Do lado de fora da casa, a poucos metros da entrada, um veículo preto jazia estacionado, com todas as luzes desligadas. Dimitri finalizava o quinto ou sexto cigarro, incomodado com a demora de Martina. O que ela estaria fazendo naquela casa e quem seria aquela outra mulher? Precisava de tempo para investigar quem vivia naquela residência.

Alcançou uma lanterna no porta-luvas, testando-a, e então decidiu deixar o carro. Estremeceu com o vento frio assim que abriu a porta, encolhendo-se. Em seguida, caminhou pela calçada até ficar de frente com a casa de Irena e Sabina. A fresta de luz da lanterna vasculhava o chão com minúcia digna de nota.

Um discreto ruído fez-se ouvir de seu lado direito, seguido do balançar de algumas folhas de um arbusto. Não tardou para que um calafrio lhe subisse pela espinha, quando seu par de olhos verdes encontrou a escuridão dos olhos de uma raposa.

O animal congelou, mantendo uma das patas dianteiras dobradas no ar, os pelos da coluna eriçados, os olhos fixos em Dimitri. O Caçador Soviético prendeu a respiração. Qualquer movimento brusco seria o suficiente para espantá-lo. Devagar, girou a lanterna na direção do bicho, fazendo seus olhos refletirem uma escuridão assustadora. Bastaram apenas alguns segundos para que a lanterna se apagasse de forma abrupta, como se os densos olhos negros da raposa tivessem consumido toda sua luz. Era uma delas! Não havia dúvidas!

Os anos — e quantos anos! — de experiência na caça daquela praga tornaram as reações de Dimitri quase automáticas. Todavia, estava desprovido de qualquer material de ferro ali e sabia que a vantagem não era sua. A única coisa que a matava — de verdade — era decepar sua cabeça com uma lâmina de ferro. Além disso, qualquer tentativa de feri-la só serviria para irritá-las. No plural, sim, porque nunca andavam sozinhas.

Fez menção a retornar ao carro, girando um dos pés na neve. Bastou isso para que a raposa disparasse para o meio da rua, derrapando nos flocos de gelo, e então corresse na direção da floresta, até sua pelagem acobreada desaparecer na escuridão.

— Filha da puta! — exclamou o Caçador.

Era evidente que ela corria mais rápido que Dimitri, e ele sabia que não poderia alcançá-la. Apressou-se de volta para seu carro, atirando a lanterna no banco do passageiro e dando partida em direção à floresta.

O som de um carro arrancando na rua distraiu Sabina de sua conversa, fazendo-a checar o relógio.

— Martina — disse, um pouco sem jeito —, eu passaria a noite toda conversando com você, mas preciso voltar para o hospital. Minha avó não está bem.

— Ah, claro. Eu preciso ir também. — Martina adiantou-se, levantando-se do sofá. — Melhoras para a dona Irena.

Sabina consentiu com a cabeça, recolhendo as canecas de cerveja. Não queria que a sobrinha fosse embora, em especial por não saber quando e se aquele encontro se repetiria. Por outro lado, não conseguia ignorar o fato de que Irena estava pior e de que o tempo com ela poderia ser igualmente raro.

— Sua mãe deve saber que você veio aqui? — perguntou, ajudando a sobrinha a vestir seu grosso casaco, o cachecol e o gorro.

Martina pensou durante alguns segundos.

— Acho melhor não — respondeu, por fim.

As duas se entreolharam, já próximas da porta. Sabina suspirou.

— Espero que você encontre as suas respostas — emendou, observando Martina afastar-se em direção a uma motocicleta amarela. Logo após, ela sumiu na noite.

Sabina não pôde evitar um sorriso ao fechar a porta. Que visita inesperada! Que noite inesperada! Até esquecera-se de fumar, e isso não era algo muito comum. Seu coração foi tomado por uma mistura de excitação com preocupação; ânimo e medo.

A ida de Martina também remetia ao horário no relógio e à visita no hospital. Sabina não podia negar o incômodo aperto no peito ao lembrar da avó. Avançou para dentro da casa, tentando não pensar demais. Separou uma troca de roupa, despiu-se, enrolou-se em uma toalha e encaminhou-se para o banheiro, ajeitando os cabelos, presos em um coque, para dentro de uma toca plástica.

Ao adentrar o banheiro, tateou a parede interna com uma das mãos, em busca do interruptor, e então uma luz amarelada cobriu todo o recinto, como um manto luminoso. Pouco acima da pia, um espelho de forma retangular jazia preso à parede, na porta de um armário. Em seu centro, contudo, a impressão de uma mão esquerda interrompia o reflexo de Sabina.

A ruiva aproximou-se, estendendo a ponta dos dedos até aquela marca, cujos dedos pareciam deixados em uma espécie de tinta preta. E fresca, pois, a um leve toque, manchou seus dedos de um líquido viscoso e quente. Levou-os até o nariz, constatando que aquilo emanava um forte odor de mofo.

Sabina apertou a toalha contra o corpo nu, olhando ao redor. Seus olhos nada avistaram, mas uma forte sensação de estar acompanhada fez acelerar o coração em seu peito.

Estendeu um dos pés descalços até o corredor, projetando o corpo para frente e olhando para os dois lados. Talvez por intuição, decidiu rumar ao quarto de Irena. Bastou empurrar a porta entreaberta para que o cheiro de mofo ficasse ainda mais forte, impregnando suas narinas. Sabina não tardou para estender uma das mãos até o interruptor e então todo o recinto foi coberto pelo manto amarelado.

Não havia nada ali também. Entretanto, pouco abaixo do lustre do quarto, uma densa nuvem de poeira dançava, iluminada pela claridade da lâmpada, denunciando uma movimentação recente.

Sabina estagnou-se na porta do quarto, apertando a toalha, em um nó, contra o peito. Irena não estava ali e ela nunca vira aquele espectro — ou qualquer coisa que fosse — longe da avó. E, apesar dos longos dedos e do familiar cheiro embolorado, alguma coisa estava diferente.

A campainha do telefone cortou seus pensamentos como uma lâmina afiada, fazendo-a derrubar a toalha no chão e saltar para trás. Bastou o tempo suficiente para situar-se e lançou-se sobre o aparelho de telefone, posicionado em uma mesinha de cabeceira ao lado da cama da avó.

— Alô? — A voz saiu rouca e trépida.

— Boa noite. Por gentileza, Sabina Svobodová? — Era a voz de uma mulher.

— Sou eu—hesitou.

— Sabina, aqui é do Hospital Municipal. Estou ligando para falar sobre a senhora Irena. Se possível, gostaríamos que você viesse com urgência para cá.

Um arrepio gélido tomou-lhe a espinha dorsal, percorrendo suas costas até a nuca.

— Estou a caminho. — Foi tudo o que conseguiu dizer.

> *Por sobre os ombros*
> *Da enfática moça*
> *Vislumbrava os assombros*
> *Que só o escuro esboça*

Eva abriu os olhos, vislumbrando o rodapé do banheiro. A visão, desfocada e confusa, aos poucos voltava ao normal. Demorou a sentir a cabeça latejar, levando uma das mãos até o topo do crânio, que parecia ter levado uma bela cacetada.

Dolorida, virou-se no chão do banheiro, notando que as pernas derraparam em algo úmido. Ela não lembrava de ter desmaiado, muito menos de ter batido a cabeça ou coisa parecida, e descobriu que estava deitada em meio a uma grande poça d'água. Não sabia que horas eram, nem ao certo que dia era.

Com algum esforço, sentou-se, agarrando-se ao vaso sanitário, e então usou os braços para dar impulso e levantar-se de vez. Uma leve tontura quase a fez cair outra vez, mas ela se conteve. Tateou os azulejos até alcançar a porta, que, inclusive, estava aberta.

— Martina? — chamou, sem resposta. — Ian?

Os primeiros passos que arriscou corredor adentro foram o suficiente para que se desse conta do líquido quente e escuro que escorria pelo meio de suas pernas, empapando os pés descalços.

Sangue!

Foi seu primeiro pensamento, mas não tardou para constatar que o líquido não era vermelho, e sim de cor preta. Eva ergueu sua camisola, observando que o denso fluído gotejava de suas partes íntimas e emanava um cheiro putrefato, que, se ela precisasse descrever em palavras, diria que era o cheiro da morte.

Uma dor aguda fisgou-lhe o peito. Faltou-lhe o ar. Os olhos arregalaram-se, fixos na parede.

— Irena — murmurou sozinha no corredor, segundos antes de disparar rumo ao quarto e, logo após, vestida com grossas roupas de inverno, atravessar a porta da casa, batendo-a atrás de si.

O som da campainha ecoou. Já era tarde e Martina não sabia ao certo se deveria estar ali. Encolhida no frio da noite, apertando-se contra o casaco, baixou os olhos na direção de seus pés, observando-os por alguns instantes. Deveria girá-los e voltar para sua moto. Aquilo não era hora de incomodar ou de fazer uma visita, muito menos com o propósito que Martina tinha.

O som da chave na porta foi mais rápido que os pensamentos dela e logo Sebastian despontou, surpreso. Convidou-a para entrar, informando apenas que os pais já estavam dormindo. Ela corou. Esperava não ter acordado os futuros sogros.

Seguiu-o até a sala, deixando o casaco em um cabideiro na entrada, junto das botas de neve.

— Você quer beber alguma coisa? — Sebastian perguntou.

— Não, eu só... — Ela se interrompeu, mordiscando a ponta do dedo.

Sebastian a rodeou, sentando-se ao lado dela no sofá e segurando-lhe as mãos.

— O que foi, linda? O que está acontecendo? — Sua voz era doce e ele falava de um jeito sereno.

— Eu não tenho certeza — ela desabafou.

— Não tem certeza do que está acontecendo?

Martina balançou a cabeça de um lado para o outro.

— Eu estou com medo — disse, por fim.

— De mim? — Ele pareceu confuso.

— Do casamento. Das decisões. Do peso que algumas coisas têm.

Ele não respondeu. Apenas a cobriu com um olhar manso e compreensivo e massageou suas mãos, apertando-as contra as mãos dele.

— Você não sente medo? — Martina arriscou.

Sebastian baixou a cabeça, varrendo o recinto com os olhos. Em seguida, suspirou.

— O tempo todo.

Martina surpreendeu-se.

— Mesmo? Não demonstra.

— Não colocar para fora não quer dizer que eu não sinta. — A resposta saiu pronta, na ponta da língua. — Mas acho que é natural sentir medo em situações como essa. Quer dizer, é um passo grande, uma mudança grande.

Martina consentiu com um gesto de cabeça e então aproximou-se do noivo, recostando sua cabeça em seu ombro.

— Você é sempre tão centrado. Eu não sei se consigo ser igual.

— Você não precisa ser igual, meu amor. Você é maravilhosa do seu jeitinho.

Martina sorriu, afundando o rosto no pescoço do noivo. O cheiro de seu perfume, uma mistura de doce e cítrico, sempre a agradara. Sebastian levou uma das mãos até os cabelos ruivos da moça, acariciando-os, e aninhou-a em seus braços. Assim permaneceram.

Como ela poderia romper o noivado com uma pessoa tão gentil? Com alguém que a tratava tão bem? Como poderia magoar alguém que sempre cuidara dela?

Martina fechou os olhos, roçando a ponta do nariz no pescoço de Sebastian, e quase sem perceber levou a ponta da língua até a pele perfumada do rapaz. Ele estremeceu.

A jovem sorriu, animada com a reação do moço, e então aproximou os lábios do pescoço dele novamente, beijando-o com maior intensidade. Sebastian tentou conter o gemido, juntando os lábios, e jogou a cabeça para trás, dando mais espaço para que Martina continuasse. Ela o empurrou contra as almofadas do sofá, sentando-se sobre ele, e passou a mordiscá-lo no pescoço e peito.

— O que você está fazendo, meu amor? Meus pais estão em casa. — Ele parecia aturdido, embora um tanto quanto maravilhado.

Martina levou uma das mãos até a calça do pijama do noivo, empurrando-a para baixo até revelar seus genitais e, fazendo o mesmo com suas vestes, encaixou-se sobre ele, de modo que a penetrasse.

Sebastian não pôde evitar um intenso gemido, apertando as mãos contra a cintura da jovem enquanto observava seu ritmo constante e frenético, para cima e para baixo.

Gozaram. Juntos.

Ele deu um suspirou cansado, apoiando a cabeça sobre as almofadas do sofá, e contemplou a bela moça, ainda encaixada sobre seu quadril, com os cabelos bagunçados e presos ao suor do rosto.

— Sebastian — ela iniciou.

— Oi, meu amor? — ele respondeu, com voz melosa e um ligeiro sorriso estampado no rosto.

— Eu quero terminar.

Sabina não saberia dizer onde estacionara o carro, tampouco qual trajeto fizera de casa até o hospital. Deslocara-se até aquela porta de entrada com tamanha rapidez que ela própria estava surpresa.

Adentrou o corredor central a passos galopantes e debruçou-se sobre o balcão de informações com uma voracidade assustadora.

— Por favor, Irena Svobodová.

Irena ainda estava em seu quarto, como de costume, e Sabina foi recebida na porta por uma médica e uma enfermeira.

— Senhora, obrigada por ter vindo — disse a médica, ajeitando nas mãos uma prancheta. — Nós tentamos segurar o máximo que pudemos, mas ela estava muito agitada, então demos um sedativo. Ela está dormindo agora.

Sabina, ofegante, observou a avó por cima dos ombros da médica.

— Qual é o estado de saúde dela? — perguntou, inquieta.

A médica suspirou.

— Não é bom. O sangramento cerebral está se alastrando cada vez mais rápido. Eu acredito que ela não aguente passar desta noite. — O tom de voz da moça era pesaroso.

Sabina engoliu em seco, os grandes olhos verdes marejaram-se. Ela apertou uma mão contra a outra, olhando mais uma vez para a avó, deitada, inconsciente, sob os lençóis, na maca daquele hospital. Parecia tão miúda, tão mirrada, tão vulnerável.

— Ela pode ir para casa comigo? — perguntou, por fim, deixando que as lágrimas rolassem por seu rosto pálido.

A médica consentiu com um gesto de cabeça.

— Nós vamos prepará-la. Só precisamos que a senhora assine uma autorização. O sedativo não é forte, então ela deve acordar em breve.

Sabina concordou, secando as lágrimas. A enfermeira embrenhou o quarto de Irena, saindo logo em seguida com alguns papéis nas mãos.

— Ela fez esses desenhos hoje à tarde, quando estava agitada — disse a enfermeira, entregando os papéis para Sabina. — Vou deixá-los com você. Ela acordou assustada hoje à tarde, dizendo que tinha tido um sonho ruim e que precisava falar com as netas. E piorou muito agora à noite.

As mãos trêmulas da jovem ruiva alcançaram os papéis. Em um deles, alguns rabiscos, aparentemente sem sentido, cruzavam a folha de ponta a ponta, com tamanha força que quase a perfuravam. No segundo papel, os rabiscos, ainda com o mesmo fervor, pareciam formar uma figura que lembrava mais ou menos um cachorro. No terceiro, a caneta de fato chegara a perfurar a folha, em uma das linhas tortuosas que formavam a palavra "EVA" em letras garrafais.

Um calafrio percorreu todo o braço de Sabina, arrepiando pelo a pelo. Sem erguer a cabeça, ela lançou os olhos por sobre os ombros da médica mais uma vez, mas agora não olhava para a avó, e sim para o restante do recinto. Para o que havia nos cantos, nas sombras dele.

— Você tem alguma ideia do que se trate? — perguntou a enfermeira, apontando para os papéis nas mãos da jovem.

Sabina balançou a cabeça de um lado para o outro.

— Nenhuma.

— Bom, é possível que tenha alguma coisa a ver com o pesadelo que ela teve. Não estranhe se ela estiver bastante demenciada quando acordar. A hemorragia cerebral afeta muito o comportamento.

— É claro. Onde eu assino? — Sabina a interrompeu, dobrando os papéis rabiscados por Irena e guardando-os no bolso do casaco. — Se ela vai acordar em breve, eu gostaria que já acordasse em casa.

— É só me seguir — respondeu a enfermeira, após uma fração de segundos em silêncio, um pouco desconcertada.

Cada passo na floresta
Ecoa entre as vozes,
Da música tão funesta,
De onde não há luzes.

O veículo preto ficou atravessado em um canto pouco movimentado da rua. Podia-se dizer que foi largado ali, às pressas, com a porta do motorista aberta e a luz interna iluminando os bancos vazios.

Pouco à frente, o asfalto da rua terminava de maneira drástica em uma escada estreita, que levava até a floresta. A neve era vista cobrindo todo o chão apenas até onde se iniciavam delgadas árvores, pois seus cumes eram tão próximos que impediam os flocos de gelo de chegarem em peso ao chão.

O interior da floresta era denso e escuro. Em especial à noite. Não muito longe do fim da escada, que terminava em uma trilha bastante escorregadia e coberta de folhas, uma parca luz amarelada distinguia-se no breu da mata. A sola do coturno de Dimitri deslizava por sobre a vegetação lisa e fria. Ele sabia que não era muito inteligente entrar ali sozinho, mas estava já de saco cheio de aguardar o momento ideal. Se é que esse momento chegaria.

Nas costas, levava uma mochila com uma reserva de lanternas e o que mais interessava: uma espada de ferro puro. A sede por decepar a cabeça daquelas criaturas era tamanha que ele chegava a salivar. Não podia negar que sentia um prazer quase sexual quando a cabeça rolava, o sangue jorrava, e aquela opacidade estranha dos olhos negros desaparecia.

Sem vida de verdade.

Era como ele chamava. Porque sem vida aquelas criaturas já eram. Aquele jogo macabro que dançavam juntos era excitante. Um laço intenso com um passado longínquo, que ele não desejava perder.

Crias do capeta. Entidades malditas. Almas de bruxas.

Eram muitos os nomes que ele dava a elas, às criaturas, mas o verdadeiro nome era *rusalka*. Alguns as chamavam de sereias, mas não eram bem isso. Eram mais, eram muito mais.

A floresta ficava silenciosa conforme Dimitri caminhava. Sem pássaros, sem animais noturnos, sem folhas caindo, galhos estalando, nada. Apenas um silêncio incômodo e devastador.

E então começaram os "ruídos". Entre aspas porque, na verdade, eram tão silenciosos quanto o resto da mata, mas de alguma forma Dimitri podia ouvi-los. Era como se eles soassem dentro de sua cabeça, e não fora. Às vezes à direita, às vezes à esquerda. Outras vezes, soavam atrás dele.

Alguns vultos passavam, relapsos, por sua visão periférica, mas sempre ausentes do feixe de luz da lanterna. Vultos escuros, de formas caninas e olhos que brilhavam no escuro.

As rusalkas.

E elas sabiam muito bem quem Dimitri era e o que ele fazia ali. O Caçador Soviético não tinha fama apenas entre os homens, mas também entre as criaturas. Ainda mais entre elas. Muitas já haviam sido levadas pela lâmina cruel daquele homem e o brilho dos olhos delas na escuridão, encarando-o com ferocidade, deixava bem clara a reciprocidade entre ambos.

Elas o queriam tanto quanto ele as queria. Por razões diversas, mas o objetivo era o mesmo.

Dimitri também sabia que elas se erguiam a cada sete anos sobre a terra firme, caminhando sobre quatro patas, na forma de raposas. Ah, as raposas! Escolha interessante, na opinião dele, uma vez que esses animais, em algumas culturas, são associados às mulheres, em razão de sua astúcia. E Dimitri sabia bem que essa escolha não era mera coincidência.

Elas eram astutas como raposas, ágeis como raposas, predadoras como raposas e se escondiam como raposas.

Megeras.

Quando não povoavam a terra firme com a aparência desse animal, habitavam as profundezas das águas doces em sua forma "natural", por assim dizer: a de mulheres. Ou quase isso. Para Dimitri, eram meros espectros horrendos, que lembravam vagamente uma silhueta feminina, mas bastante cadavérica.

Asquerosas.

A única coisa que não mudava em nenhuma das formas que assumiam eram os olhos negros, imensos, opacos, sem íris. Aqueles olhos que brilhavam no escuro, mas engoliam qualquer luz que fosse ao encontro deles.

Olhos de demônios.

Mais alguns passos floresta adentro e Dimitri sentiu que era hora de empunhar sua espada. Retirou-a da mochila e segurou-a em posição de ataque com a mão esquerda, passando a lanterna para a direita. Os ruídos continuavam e a impressão que o Caçador tinha era deque, quanto mais se embrenhava na mata, mais descaradas as criaturas ficavam.

Espertas. Covardes.

Quando já estava longe de seu carro, largado com as portas abertas no meio da rua, pôde ouvir um cântico que, a princípio, soou tão longínquo que ele teve dúvidas se de fato ouvia ou imaginava coisas. Ainda assim, firmou a espada na mão esquerda.

Alguns passos a mais e o cântico ecoou mais alto, mais forte, até tornar-se um sonoro coro de vozes femininas.

—*Tili-tili-bom. Zakroyglazaskoreye. Kto-to khodit za oknom I stuchitsya v dveri. Tili-tili-bom. Krichitnochnayaptitsa. On uzheprobralsya v dom. K tem, komu ne spitsya. On idet on uzheblizko.*

Dimitri conhecia aquela canção. Aquela velha e maldita canção, cuja letra sempre lhe soara tenebrosa.

Sempre a mesma música, sempre a mesma melodia, sempre a mesma lamúria. Ele conhecia tudo aquilo muito bem.

— Já deu dessa palhaçada — ele gritou, olhando ao redor. — Apareçam!

Sua voz ecoava, alta, pelo silêncio da floresta, entrecortada apenas pelo cântico das rusalkas. Elas pareceram ignorá-lo. A cantiga continuou, incessante, cada vez mais clara e mais intensa, até que Dimitri atingiu uma clareira, de onde era possível avistar um lago congelado. Em uma das margens, um pequeno furo no gelo fazia a água escura contrastar com a camada branca que cobria toda sua superfície.

— Achei vocês — ele murmurou.

Um sorriso sádico brotou nos lábios do Caçador Soviético. O coro de vozes vinha de dentro da água, debaixo do gelo, e reverberava pelas folhas das árvores cobertas de neve, como uma lamúria dolorosa e arrastada.

Aquele, sem dúvida, era o atual ninho delas, o lugar onde seus espectros sombrios repousavam. Mas ele não podia matar espectros e sabia disso. A lâmina só era capaz de matá-las quando assumiam a forma de raposas, e Dimitri tinha plena ciência do quanto elas eram mortais perto d'água. Por isso ele não atacou.

O coro de vozes era convidativo e o atraía para próximo do lago, mas aquilo ainda não era o suficiente para fazê-lo perder o controle. Apertou a lanterna na mão e, lutando contra sua vontade de vê-las, de se aproximar delas, de cheirá-las, de estar com elas, caminhou na direção oposta, até retornar à escada por onde viera.

Às pressas, deixou a floresta, retornando para dentro do carro. Mas aquilo havia sido revelador. Afinal, as criaturas não rondam a casa de qualquer pessoa, sem razão, e agora ele tinha certeza de que as raposas rondavam a casa daquelas senhoras. Ali não havia nenhum homem que elas pudessem caçar.

Elas não caçam mulheres.

Sabina assinou os papéis do hospital e colocou a avó, ainda desacordada, dentro do carro, deitada no banco traseiro, com a ajuda de dois enfermeiros.

Depois da terceira tentativa de dar partida no carro, sem êxito, decidiu que precisava fumar um cigarro antes. Acendeu seu fumo, prendendo-o entre os dedos gélidos da mão desenluvada, e deu um longo trago, expelindo a fumaça no ar. Recostou-se contra o veículo e, pelo espelho retrovisor externo, conseguia avistar o par de olhos negros encarando-a com avidez, do interior do carro, ao lado do corpo inconsciente de Irena.

Sente o que ninguém sente, vê o que ninguém vê.

Um estrondo abrupto a fez saltar para longe do veículo, os pés deslizando sobre a fina camada de gelo no chão. Por um segundo, desequilibrou-se e quase caiu, mas conseguiu se segurar em outro carro estacionado.

— Puta que pariu, Eva! Quer me matar do coração? — despejou, massageando o peito.

A irmã mais velha surgiu por trás do veículo, cambaleante e segurando-se nele. Os olhos cor-de-mel, injetados por trás de profundas olheiras, pareciam enormes no rosto esquálido e ossudo. Os cabelos longos e castanhos, desarrumados, desciam pela lateral do rosto, grudando nas profusas gotas de suor e denunciando como haviam sido os últimos dias de Eva. Ela cambaleou para trás, depois para frente. Sabina arremessou o cigarro no chão, segurando a irmã no ar, antes que seu corpo tombasse por completo.

— Um médico! — gritou Sabina, tentando conter em seus braços cansados o peso da irmã.

— Não! — Eva gemeu. — Não.

— Não? Não o quê? Olha como você está! — Sabina estava assustada.

— A Irena… — Eva sussurrou no ouvido da irmã — morreu?

A moça ruiva arregalou os olhos verdes, engolindo em seco.

— Não. Ela está dentro do carro.

— Eu preciso falar com ela. Mas sem médicos! Sem médicos! Vamos para a casa.

A voz de Eva diminuiu ao longo da frase, como um rádio cuja pilha acabasse. Estendeu um dos braços até a maçaneta da porta do passageiro, tentando abri-la. Entretanto, Sabina viu quando seu braço tombou, inerte.

— Eva! Eva! — ela chamou, sem resposta.

O corpo de Eva amoleceu por inteiro, pesando ainda mais contra o chão frio da madrugada. Sabina tentou erguê-lo, mas não tinha força suficiente para fazê-lo sozinha. Na segunda tentativa, sentiu as pernas de Eva levantarem do chão, com uma sutil leveza que a assustou. Seus olhos estatelados encontraram o par de olhos negros, que agora a observava do lado de fora do carro, postado ao lado das duas irmãs.

19

Bastava a filha morrer
Antes da mãe, acreditava
E com isso, queria crer,
A maldição se encerrava.

— Sim, ela está aqui comigo. — Fez uma pausa ao telefone. — Acho que passará a noite aqui. — Outra pausa. — Isso, por causa da minha avó. Você sabe. Obrigada, Ian.

Sabina desligou o telefone, sentando-se, trêmula, na poltrona da sala. No sofá, Eva jazia ainda inconsciente, descabelada e pálida, e emanando um cheiro horrível que Sabina não conseguia identificar. Na cama, no quarto, Irena ainda estava sob o efeito dos remédios, velada pela criatura de olhos negros.

A moça levou as mãos ao rosto, esfregando-as contra as bochechas e os olhos. Estava exausta, mas decerto não conseguiria descansar naquelas condições. Lembrou-se dos papéis que a enfermeira lhe dera no hospital e então levou uma das mãos até o bolso, puxando algumas folhas dobradas. Dentre elas, a carta de Bianka.

Um ligeiro arrepio acometeu a jovem ruiva. Um pouco receosa, ela desdobrou a carta, ajeitando-se na poltrona.

Mãe, espero que me perdoe por fazer isto por carta, mas não tenho coragem de fazer em pessoa. Espero também que não seja tarde demais para pedir desculpas e para dizer o quanto acredito em você.

Eu sei que passou por coisas horríveis desde a infância, e nem imagino o que seja viver o que você viveu. Por mais que tente, eu não consigo conceber o que seu pai fez. Sinto muito que você tenha passado por isso, e sinto ainda mais pelo que aconteceu depois.

Hoje eu sei que às vezes morrer é preferível à sua alternativa. Às vezes, a morte é o nosso lugar, e não parece certo sermos poupados dela. Não acreditei em você antes, e eu estava errada.

Durante a gestação da Eva, eu estava tão mal, tão consumida pelo ódio e pelo rancor, que não fui capaz de prestar atenção em mais nada. Mas, na gestação da Sabina, eu tenho certeza do que vi. Elas. As raposas.

Elas rondavam a casa, rondavam o carro. Estavam sempre por perto, como se me observassem, como se me esperassem.

Eu achava que você era completamente louca quando falava sobre isso, mas eu as vi. Vi seus olhos negros opacos, demoníacos, sem vida. E quando o pai da Sabina me disse que não assumiria a paternidade porque era casado, tinha uma filha, e não poderia permitir que "uma mulher qualquer" como eu estragasse a família dele, foi quando eu tive certeza de que você dizia a verdade.

Disseram que foi um acidente. Disseram que acontece muito em rios e lagos. Que os pés podem ficar presos em algas e a pessoa se afogar. Mas eu sei que foram elas.

Eu encontrei um livro antigo, em russo, sobre as rusalkas. Estou deixando-o junto desta carta. Um amigo me ajudou a traduzir e, de acordo com o que pesquisei, o único jeito de parar essa maldição é "a filha morrer antes da mãe".

Eu não podia fazer isso antes do nascimento da Sabina. Espero que entenda. Eu não podia envolvê-la nisso. Mas também não posso permitir que essa coisa, essa maldição, ou o que for, consuma você por inteira, como fez a vida toda. E que consuma minhas filhas.

Não é culpa sua, mãe. Nunca foi. Você foi uma vítima. Do seu pai, dessa maldição e de mim. Depois de muitas noites em claro, pensando sobre isso, eu decidi que esta é a melhor forma de colocar fim a tudo isso.

Eu não vou fazer falta. Eu sou uma péssima mãe. Mal consigo cuidar de mim mesma, que dirá das minhas filhas. Mas você, ao contrário, criou a Eva com muito carinho e hoje ela é uma moça maravilhosa. Tenho certeza de que a Sabina também será. Se eu morrer antes de você — a filha antes da mãe —, estará tudo acabado. Não haverá mais maldição, não haverá mais rusalkas nos consumindo.

Talvez você não possa mais ser livre, e talvez já seja tarde demais para mim também, mas as meninas ainda podem, mãe. As minhas filhas ainda podem crescer, viver e ser livres.

M. Sardini

E se a minha morte é o preço da minha redenção por tudo o que já fiz a você, por não acreditar no que me dizia, e para a salvação das minhas filhas, parece-me um preço bastante pequeno.

Eu amo você. E espero que algum dia possa me perdoar.

Sua filha, Bianka.

Sabina baixou o braço, depositando a carta sobre as pernas. Franziu as sobrancelhas, olhando em volta, como se buscasse algo. Massageou as têmporas com uma das mãos, sentindo que pequenas gotas de suor brotavam em sua testa.

Rusalkas, raposas, maldições. Aquelas palavras pareciam dançar em sua mente, sem conexão alguma. E seu pai estava morto, então?! Afogado.

Ela apoiou as costas contra a poltrona, sentindo o corpo amolecer sobre a superfície de couro do assento. Uma pressão no peito dificultava sua respiração, como se alguém lhe sentasse sobre o tórax.

Ofegante, lançou os olhos sobre a carta de Bianka mais uma vez. Então, desdobrou os demais papéis que havia no bolso de seu casaco, observando-os, com as mãos tremelicantes. Em um deles, Irena fizera com que seus rabiscos tomassem uma forma parecida com a de um cachorro.

Não é um cachorro.

Na outra página, os rabiscos, com intensidade suficiente para perfurar a folha, formavam um nome.

— Eva!

— *Como assim você quer terminar?*

Não era a frase em si, mas a entonação usada que ecoava na cabeça de Martina desde aquela discussão. O cinza da noite fria predominava, passando de raspão pelo canto de seus olhos, enquanto o vento do início da madrugada fazia chacoalhar seus cabelos por baixo do capacete.

Sebastian não dissera nada além daquela frase. Ouvira, um pouco em choque, os tropeços de palavras que Martina tinha a dizer, e apenas consentiu, resiliente. Seus olhos, contudo, revelavam a dor que aquilo significava.

Martina achava que aquele ato a faria sentir-se melhor, mais livre. Afinal, não estava mais presa a uma promessa de casamento, nem tentando agir como se aquilo não a incomodasse. Todavia, não se sentia melhor. Sentia-se culpada. Um pouco envergonhada, talvez. Triste também.

O rosto de Sebastian que ela vira sumir pelo retrovisor da moto, em uma mistura de incredulidade e ressentimento, era uma imagem que não sumiria tão cedo de sua mente, cravada sob um carimbo de culpa.

O que ela havia feito, afinal? Se estava mesmo seguindo o que desejava, por que não se sentia feliz, ou ao menos aliviada? Por que se sentia tão sem chão, como se alguém houvesse aberto a porta da gaiola onde ela vivera por tanto tempo e agora ela fosse um pássaro indefeso, sem saber voar, com medo, arrependimento e dúvidas? Tantas dúvidas.

Fizera a coisa certa? Estava indo no caminho correto, seguindo seus reais desejos? Era errado não amar ninguém? Era errado não amar o homem que sempre a amara? Era errado desejar outras experiências, outros corpos? Desejar mulheres?

Uma generosa lágrima escorreu por sua maçã do rosto, pesarosa como sua própria consciência. A madrugada era fria e o cheiro da umidade a perseguiu até aproximar-se da entrada de sua casa. Estacionou a moto amarela na garagem, deixando ali também seu capacete, e esfregou o rosto com as duas mãos enluvadas.

—°Martina? — A voz de Ian fez-se ouvir do quarto.

— Eu — ela respondeu, um notável nó na garganta.

— Onde você estava? — ele perguntou, saindo do quarto em um roupão e de pantufas. — Já é madrugada. Eu estava preocupado.

— Desculpa, eu devia ter avisado.

Martina tirava os casacos, pendurando-os no cabideiro da entrada.

— Você estava chorando?

Os olhos vermelhos e aguados eram difíceis de disfarçar.

— Não, eu...

— O que houve? — Ian a interrompeu.

Martina pausou durante alguns segundos, olhando fixo para um ponto qualquer no chão. Então entregou-se a um choro compulsivo, que ela tentou conter sem êxito.

O pai a abraçou, aninhando a cabeça da filha em seu peito, e acariciou seus cabelos rubros.

— Calma, calma. Seja lá o que for, vai passar — disse, apertando, um pouco sem jeito, a filha nos braços. — Quer conversar sobre isso?

A pergunta soou tão estranha para Martina quanto para o próprio Ian. Pai e filha não eram próximos. Não nesse nível, de terem conversas íntimas sobre problemas pessoais. Era bem evidente que o centro da casa sempre fora Eva e, longe dela, nada orbitava. Nem mesmo a relação entre pai e filha. E, a bem da verdade, Ian se sentia um pouco inseguro de iniciar uma conversa com Martina sem a anuência da esposa.

Apesar disso, ela fez um sinal positivo, desvencilhando-se do pai e sentando-se no sofá da sala. Apesar de estranho e até um pouco constrangedor, ambos se ajeitaram, tomando lugares na sala, e se encararam com constrangimento.

— E então? — Ian perguntou, após alguns segundos de um silêncio cortante.

Martina deu um sorriso de canto de boca, achando graça da reação do pai. Passou-lhe pela cabeça que eles não deveriam ser tão distantes daquela forma. Que conversar sobre seus problemas pessoais com seu pai não deveria ser algo tão constrangedor.

Ela suspirou, tomando fôlego.

— Como você sabe se fez uma escolha certa ou não?

A pergunta foi direta e objetiva, golpeando o clima de suspense da conversa como um relâmpago. Ian hesitou.

— Nossa, filha — gaguejou —, acho que não sabe. Não de imediato, pelo menos.

A decepção foi evidente no semblante de Martina. Ela esperava uma resposta melhor de alguém que tinha vivido mais, como seu pai. Aquilo não resolvia muita coisa.

— Então como a gente faz para tomar uma decisão em uma situação difícil?

— Você quer um manual? — Ian esboçou um sorriso acanhado.

Martina riu-se.

— Sim, acho que sim — ela admitiu, entre riso e choro.

— Vou ficar devendo, então. Ainda não encontrei esse manual. — Ele ainda tinha aquele sorriso inibido nos lábios, como se temesse a reação da filha.

Ela parou de rir e voltou a chorar, soluçando.

— Então não tem um jeito melhor de fazer as coisas do que na tentativa e erro? — As palavras saíram confusas em meio aos soluços.

Ian teve um impulso de abraçá-la, mas conteve-se. Não sabia se deveria e sequer havia compreendido sobre o que se tratava aquela conversa.

— Um jeito universal? Eu receio que não — ele iniciou. — Talvez haja um jeito pessoal, conforme você se conhece e entende o que quer de verdade.

— E como a gente faz para se conhecer e saber o que quer?

Ele hesitou outra vez.

— Acho que na tentativa e erro.

Ela riu mais uma vez.

— Você é péssimo nisso, pai.

— Eu estou percebendo. — Ele fez uma pausa. — Mas gostaria de ajudar de alguma forma, se conseguir.

— Eu também gostaria que você pudesse ajudar.

O pranto de Martina era tão sentido que Ian não se conteve mais e levantou-se do sofá em que estava, sentando-se ao lado da filha. Passou um dos braços por sobre os ombros dela, acomodando-a.

— Que tal me contar do começo? O que, exatamente, está acontecendo?

Martina estremeceu. Não tinha certeza se contar aquilo para o pai era uma boa ideia. Afinal, ela via o pai quase como uma extensão da mãe e, certamente, não queria que Eva soubesse. Não ainda, não daquele jeito.

Ela sabia que a mãe não reagiria bem e que ela precisaria de força para enfrentá-la e aguentar um período conflituoso, quiçá catastrófico, com Eva. E essa força não estava ali naquele momento.

Por outro lado, aquele poderia ser um bom momento para tentar um diálogo com Ian. Será que ele de fato era uma extensão de Eva, ou será que possuía pensamento próprio? Será que ele poderia ajudá-la de alguma forma? Afinal de contas, era seu pai, e o olhar paterno e preocupado que recaía sobre Martina parecia bastante legítimo e sincero. Ela se sentia acolhida por ele.

— Eu não sei se é uma boa ideia — disse, por fim.

— Está aí outra coisa que você só vai saber se tentar — Ian respondeu de pronto, como se a resposta já estivesse na ponta da língua antes que Martina dissesse qualquer coisa.

— Está bem — ela disse, respirando fundo e tomando um pouco de distância do pai para poder olhá-lo de frente. — Eu amo o Sebastian, mas não como meu marido. — Ela pausou, observando a reação do pai. Ian permaneceu da mesma forma, olhando-a com ar de preocupação e zelo. Martina prosseguiu: — E achei que ele devia saber disso.

Ela se calou de abrupto, como se aguardasse uma reação feroz. Permaneceram em silêncio por alguns instantes.

— Certo. E...? — Ian perguntou.

Martina suspirou, aliviada. Ao menos até aquele ponto, parecia estar tudo correndo bem.

M. Sardini

— E eu falei isso para ele.

— Você foi sincera.

— Sim.

Ian a observou por um tempo.

— Isso é bom, filha. Você não tem culpa de como se sente, e ser sincero é sempre uma atitude honrosa.

Martina remexeu os cabelos, inquieta.

— Não, mas o preço de ser sincera é que não vamos mais nos casar. — Os olhos marejaram outra vez. — E eu não sei como estou me sentindo com relação a isso.

Ian pensou um pouco antes de falar.

— O que o Sebastian respondeu quando você falou como se sentia?

Martina desabou a chorar mais uma vez, levando as mãos ao rosto. Ao que parecia, aquele era o ponto sensível da questão, o que causava aqueles soluços tão doloridos.

— Filha — ele iniciou —, você disse que o ama, então eu suponho que não queira magoá-lo. E com certeza magoou. Mas não é culpa sua. Como eu disse, você foi sincera, e isso é uma atitude ótima. Eu sinto orgulho de você. É preciso ter muita coragem para ser sincera.

— Eu não quero ter coragem, eu quero ter paz.

A resposta foi inesperada para Ian.

—Você não se sente em paz por ter sido sincera com o Sebastian?

Martina secou as lágrimas.

— Sim e não. Sim, porque o peso de mentir para ele estava me matando; e não, porque eu não queria magoá-lo. E também porque esse é só o começo de um jogo de dominó gigante.

Ian franziu o cenho.

— Jogo de dominó? Que jogo de dominó?

— Você sabe — choramingou. — Você, minha mãe.

— Sua mãe não vai gostar dessa notícia, mas ela sobrevive.

Martina arregalou os olhos. Aquela resposta, vinda de Ian, soava quase absurda. Piscou algumas vezes, na tentativa de certificar-se de não estar imaginando coisas.

— Ela sobrevive? — repetiu, estupefata.

— Ela vai gritar, xingar, falar um monte de coisa que você deve deixar entrar por um ouvido e sair pelo outro. Depois de um tempo, a raiva dela passa e ela volta ao normal. No fundo, ela só quer o melhor para você.

— Ela quer o que ela acha que é o melhor para mim.

— Sim, sim. É o que os pais fazem, filha. A gente faz um monte de cagada achando que está fazendo o melhor para os filhos.

A conversa tomava cada vez mais um rumo tão inesperado e estranho que Martina até se distraiu um pouco de sua angústia. Não se lembrava de já ter tido qualquer conversa daquele tipo com o pai, e decerto estava surpresa com as respostas dele.

— Pode ser, mas, até que tudo se resolva, ela vai gritar bastante, e eu não queria lidar com isso — ela o confrontou.

Ian assentiu, desviando o olhar.

— Sua mãe é uma pessoa difícil, mas não é uma pessoa ruim.

— Ela é bem tirana — resmungou Martina.

— Ela é... difícil — Ian repetiu. — Mas, como eu disse, ela vai surtar um pouco, e depois fica tudo bem. Em especial quando você encontrar outro namorado, o que não vai levar muito tempo. Uma moça linda dessas deve estar cheia de admiradores.

Martina o encarou com os olhos ainda cheios de lágrimas. Deveria ser sincera sobre aquilo com Ian? Afinal, ele próprio dissera que sinceridade era honrosa. Se ela nada dissesse, os pais esperariam um novo candidato, um novo pretendente a noivo, marido, a homem da sua vida. E Martina não queria que ninguém, independente de gênero, ocupasse essa posição.

— A mamãe está dormindo esse tempo todo? Não é melhor checar se ela está bem? — respondeu.

— Ah, não. Sua mãe não está em casa. Parece que a dona Irena piorou e os médicos a liberarem para ir para casa para... você sabe. E sua mãe está lá com ela e a Sabina.

— Ela foi para casa para morrer?! — A voz de Martina ecoou por toda a casa, em um tom firme.

Ian encrespou as sobrancelhas, sem compreender ao certo a reação da filha.

— Sim, é quase isso.

— E como você não me avisou antes? Eu nem conheci a minha bisavó!

Antes que Ian pudesse responder alguma coisa, Martina levantou-se do sofá e dirigiu-se ao cabideiro da entrada, cobrindo-se com vários casacos e saindo, às pressas, pela porta. Ainda sentado, Ian ouviu o som do motor da motocicleta amarela afastar-se, até desaparecer ao longe.

O bater dos pés no chão
As juras de morte entoadas
Assim se dá a recepção
No escuro da madrugada

Kirovsk[6], 1956

—Você está pronto, filho? — perguntou Mikhail.

O garoto de dez anos recém-completos balançou a cabeça para cima e para baixo, com um olhar firme, bastante singular para sua idade.

Mikhail acendeu as velas de cor púrpura, rodeando a criança com sete delas. Fez um gesto para que o menino se ajoelhasse, e imediatamente o garoto baixou a cabeça, cerrou os olhos e passou a murmurar algo. Mikhail voltou-se para os demais presentes, todos homens, que aguardavam seu sinal.

— É com muito orgulho — iniciou ele — que hoje estamos aqui reunidos para esta cerimônia de iniciação. Esta, porém, é a mais especial delas. Recebemos hoje nosso mais importante membro.

---
6 Cidade do interior da Rússia.

Os homens, que trajavam uma espécie de manto preto, bateram uma única vez no chão com o pé direito, como resposta às palavras do líder. Mikhail afastou-se do garoto, juntando-se aos demais e formando um grande círculo ao redor das velas acesas e da criança.

O menino, ajoelhado no centro, abriu os olhos, fitando de maneira quase psicótica uma das velas à sua frente. Mikhail fez um gesto para que garoto começasse.

— Eu — disse a criança, com uma convicção assustadora.

— Mais alto, filho! — incentivou o homem que ele aprendera a chamar de pai.

— Eu — repetiu o menino, em tom mais elevado, sem despregar os olhos da vela —, Dimitri Bozanov, afirmo estar ciente das advertências desta Ordem. Juro solenemente caçar meu inimigo pelos quatro cantos da Terra e jamais descansar dessa tarefa. Quando o encontrar... — Fez uma pequena pausa, mordiscando os lábios, como se quase salivasse ao dizer aquilo. —... juro decepar sua cabeça com a minha mais afiada lâmina de ferro frio. Juro fazer de tudo para reduzir meu inimigo a nada e a menos que nada.

Os homens bateram os pés direitos no chão de novo, uma única vez, fazendo ecoar um estrondo. Mikhail, então, aproximou-se do filho, entregando-lhe uma pedra opala, que o garoto segurou com as duas mãos em concha.

— A Terceira Visão — iniciou Mikhail — é um dom que todo ser humano possui, mas que permanece adormecido na maioria. Não é mágica, e sim autoconhecimento. Nós caçamos seres mágicos. Nós matamos seres mágicos. Nós não somos como eles.

Todos concordaram com um gesto, inclusive o garoto. Mikhail prosseguiu:

— Hoje, meu filho, você começa mais uma vez a sua jornada como um de nós, como parte desta Ordem. Hoje, você assume a responsabilidade de ser um caçador e desperta a sua Terceira Visão por completo. Nós, caçadores, precisamos dela para rastrearmos as criaturas do submundo. Hoje, você, Dimitri Bozanov, torna-se oficialmente um Caçador da Ordem de Pappenheimer.

Todos concordaram mais uma vez, agora com um urro sonoro. Em seguida, Mikhail retornou para o círculo de homens encapuzados, que passaram a entoar um cântico em murmúrios. Dimitri, segurando a pedra com as duas mãos, assoprou vela por vela, até que a escuridão se apossasse de todos eles. A voz do líder irrompeu na madrugada:

— Bem-vindo à *sua* Ordem, Dimitri.

Brno, 1988

Dimitri afundou o pé no acelerador, fazendo com que os pneus derrapassem no asfalto liso e coberto por uma fina camada de gelo. Estava tomado por um misto de ansiedade e receio.

Tinha certeza de que havia algo errado com Martina desde a primeira vez que a vira, mas não sabia o que. Até agora. Uma família formada só por mulheres, sob os olhos atentos das criaturas, não poderia ser outra coisa.

Dimitri ouvira falar naquilo, embora nunca tivesse se deparado com nada parecido em toda sua jornada como caçador. Sequer tinha certeza se era um fato ou apenas uma lenda. A bem da verdade, aquele era o sonho de todo caçador. Encontrar uma mulher humana, ainda viva, com a marca das rusalkas. Uma mulher sob a maldição delas.

Irena, a matriarca, ainda estava viva. Logo, a maldição seria herdada por suas netas, Eva e Sabina. De acordo com as pesquisas que fizera, Sabina não tinha filhos, e então Martina seria o ponto final daquela cadeia macabra e amaldiçoada.

Apesar da excitação e da ansiedade de estar diante do sonho de todo caçador, Dimitri se sentia um pouco confuso. Quer dizer, decepava a cabeça de criaturas desde seus dez anos de idade, mas nunca caçara um ser humano. Não desse jeito, ao menos. É claro que provocara a morte de alguns baderneiros, mas não era a intenção primária, e ele não sentia prazer algum em matar humanos. Quando acontecia, fazia-o apenas por ofício e porque não sabia fazer mais nada além de *caçar*.

Desde que se desvencilhara de *sua* Ordem, seguindo como um caçador solitário, precisava de uma profissão, em especial que lhe permitisse ter acesso fácil às criaturas, e caçar quem conspirava contra o governo soviético parecia o ofício perfeito. Ele era bom no que fazia, tinha um sexto sentido apuradíssimo, e ainda conquistara a confiança necessária para que ninguém lhe enchesse o saco durante suas outras caçadas — essas, sim, mais divertidas e que lhe aqueciam o coração.

Esta, todavia, era uma situação diferente. Matar qualquer uma daquelas mulheres não seria tão simples. Não era como uma reles criatura, que ele podia arrancar a cabeça e continuar a vida. Eram seres humanos, e ele precisaria ter uma justificativa melhor do que uma lenda russa antiga para isso.

Também não bastaria acusá-las de qualquer impropério contra o governo, porque precisaria de alguma mínima prova, o que decerto não encontraria. E, se encontrasse, deveria prendê-las, não as matar. Matar era em último caso e cada vez mais difícil de ocorrer.

Naquele ano, o governo soviético ficara mais brando, pressionado pelo descontentamento popular, e Dimitri sabia que naquelas circunstâncias não seria nada fácil justificar a morte de mulheres inocentes.

Firmou as mãos no volante e suspirou, chacoalhando a cabeça em um gesto cansado. Precisava pensar rápido. Estava diante de uma situação atípica e, independentemente de qualquer coisa, não poderia permitir que aquelas almas fossem condenadas a serem criaturas do submundo e se juntarem às rusalkas por toda a eternidade. Decepar-lhes a cabeça era um favor que ele fazia. Ou teria outra forma de matá-las, já que ainda não eram, de fato, rusalkas?

Fosse como fosse, ele precisava dar um jeito e, acima de tudo, matar Martina era a chave para pôr um fim àquilo.

Sabina jogou-se sobre o corpo da irmã, que jazia deitado no sofá. Eva abriu os olhos, assustada, encarando o par de olhos vermelhos e esgazeados da irmã caçula.

— Sabina! — exclamou, saltando e olhando ao redor. Espremeu os olhos castanhos, como se não reconhecesse o lugar. — Onde estamos?

— Em casa. Na minha casa. Eva, eu preciso...

— Irena! — Eva a interrompeu. — Cadê ela? Eu preciso falar com ela.

— Não, eu preciso falar com você antes.

— Você não está entendendo, Sabina. Eu estou ficando louca! — A irmã mais velha segurou a caçula pelos ombros, encarando-a. — Eu estou vendo coisas, ouvindo coisas, alucinando o tempo todo. Eu alucinei que estava cuspindo alga, Sabina. Cuspindo alga! Preciso saber o que é essa doença que a nossa família inteira tem, porque isso é muito grave!

Sabina arregalou os olhos, abrindo e fechando os lábios algumas vezes, como se desejasse dizer algo, mas lhe fugissem as palavras. Eva insistiu:

— Você ouviu o que eu disse?

A caçula assentiu com a cabeça, observando com atenção as feições da irmã.

— Então é verdade — balbuciou, por fim.

Eva envergou as sobrancelhas.

— O quê?

— A maldição. É verdade. A vovó está morrendo e essa coisa está mesmo passando para nós duas.

— O quê?! — Eva soltou os ombros de Sabina, balançando a cabeça em um gesto incrédulo. — Não, eu preciso falar com a Irena.

— Eva! — Foi a vez de Sabina segurar com força a irmã pelos ombros. — Olha para mim. — A impetuosidade da irmã assustou Eva, que se calou. — O que você está vendo, por um acaso, é algo parecido com uma mulher?

A irmã mais velha consentiu. Sabina prosseguiu:

— Ela é esguia, de cabelos longos e olhos sem íris?

— Você também vê?! — Nem Eva nem Sabina tiveram certeza se a frase soara como uma pergunta, ou uma afirmação.

— Eu não sei direito que caralho é isso, mas eu chamo de espectro — respondeu Sabina. — Eu sempre vi um acompanhando a vovó, de tempos em tempos. A cada sete anos, ele aparece, fica uns meses e some. É durante esse tempo que a vovó passa mal, vê coisas e tem um comportamento estranho. Quando o espectro some, tudo volta ao normal.

Eva piscou algumas vezes.

— Se você vê sempre, qual a diferença agora? — perguntou, soando cética.

— Primeiro, você também está vendo. E segundo, eu não acho que você esteja vendo o espectro da vovó, porque ele não sai de perto dela. Eu acho que você está vendo o seu próprio.

— Eu tenho um espectro também? — Eva agora ria. — Sério, Sabina, eu não tenho tempo para...

— Eu acho que eu também tenho um! — Sabina a interrompeu. — E eu não tinha antes. Então, sim, Eva, tem alguma coisa diferente acontecendo.

Eva emudeceu, observando a irmã durante alguns instantes. Em seguida, balançou a cabeça, sorrindo.

— É disso que eu estou falando. Todas nós temos essa doença. Isso é uma doença, Sabina, e nós precisamos saber do que se trata — afirmou, rumando para o quarto de Irena, no fim do corredor.

Sabina fez menção a impedi-la, mas desistiu. O corredor não era comprido e logo Eva estava na porta do quarto de Irena, postada, em silêncio.

A irmã caçula aproximou-se. O corpo da avó, deitado na cama, possuía um aspecto pálido e abatido. Em pé, ao lado da cama, jazia uma figura escura, comprida e magra, com longos braços finos e cabelos que desciam, molhados, por sobre os ombros, escorrendo pelas costas. Os olhos negros fitavam Irena com serenidade e então ela estendeu seus dedos esguios e conectados por membranas até o rosto da velha senhora, em um toque frio e liso.

Eva arrepiou-se, estatelando os olhos, mas não foi capaz de mexer mais que isso. Ao suave toque da criatura, o corpo de Irena estremeceu, e dele emanou uma sutil luz disforme, azulada, que aos poucos se desfazia no ar.

— Sai de perto dela! — gritou Eva, hesitante, jogando-se sobre o corpo da avó.

A criatura desapareceu no ar, misturando-se àquela essência azul que outrora sobrevoava o corpo da velha senhora. Eva, em um movimento instintivo, agarrou a avó em seus braços.

Irena estava fria.

21

Somos a voz da impotência
Das vítimas expurgadas
Somos a voz da violência
Que contra nós é outorgada

Dimitri já se aproximava da rua da casa de Irena, as rodas do carro derrapando sobre a fina camada de gelo. Quanto mais pensava, mais confuso ficava. O que deveria fazer com aquela menina? Como deveria agir naquela situação? Deveria cortar-lhe a cabeça com a mesma lâmina de ferro que usava com as rusalkas? Seus pensamentos acelerados e quase obsessivos foram interrompidos por um ponto amarelo no fim da rua.

A velha e um tanto quanto barulhenta motocicleta acabara de virar a esquina e agora se aproximava. O Caçador apertou os olhos ao deparar-se com Martina.

Àquela hora e em pleno inverno, a rua estava deserta. O momento era propício. Talvez uma conjuntura criada pelo universo para que Dimitri pudesse finalizar mais uma monstruosidade. Ele acelerou em direção à motocicleta amarela e então, de maneira repentina, virou o carro para a esquerda, derrapando e fazendo com que os pneus revolvessem detritos de gelo do chão. O automóvel deslizou alguns metros, de lado, interditando toda a via.

Martina tentou frear, desviar, mas tudo foi em vão. A roda da frente de sua motocicleta já estava em colisão com a porta do carro, e em poucos segundos o chão virou céu. Enquanto o mundo girava do lado de fora de seu capacete, ela, confusa, tentou preparar-se para o impacto, mas acabou por ser arremessada em um amontoado de neve, o que amorteceu um pouco a queda.

Uma dor lancinante tomou conta de seu braço direito. As pernas também pareciam dormentes. Com bastante dificuldade, Martina ergueu a cabeça em direção ao seu atropelador, que saía pela porta dianteira do veículo, e tentou pedir por ajuda. Entretanto, a visão turva, aos poucos, tomava forma e Martina reconheceu o rosto do Caçador Soviético.

Engoliu em seco e calou-se.

Um arrepio gélido percorreu-lhe a espinha dorsal e o reflexo que viu nos olhos daquele homem era de uma pessoa perigosa.

Eva apertou o corpo frio e sem vida de Irena em seus braços, histérica.

— Ela morreu! Ela morreu, Sabina! — Desviou os olhos aflitos para a irmã. — Você ouviu o que eu disse? Ela morreu!

Sabina não respondeu. Seus olhos esgazeados fitavam, repletos de lágrimas, um canto escuro do quarto. Alguma coisa as acompanhava e observava. Trêmula, ela ergueu uma das mãos até o interruptor. Um manto amarelado iluminou não uma, mas três criaturas espectrais.

Elas eram parecidas, mas não idênticas. Cada uma delas tinha seus próprios traços, formatos diferentes de rosto, de corpos e alturas, mas todas eram altas e esquálidas. Esguias o bastante para que os ossos, pontudos, parecessem quase cortar a pele.

Estavam nuas, eram de uma brancura excessiva, e pareciam ter escamas e membranas que se dependuravam de partes diversas do corpo. Os olhos negros, ovalados como os de demônios, olhavam fixamente para as irmãs. Eva abriu os lábios, em um aparente estado de choque.

Uma das criaturas, a que ocupava a posição central, era menos quimérica que as demais, com um aspecto quase palpável. Era mais nítida, mais real, e sua aparência, ainda que cadavérica, era familiar para Sabina.

— Vó? — ela murmurou, rouca. As lágrimas rolaram por seu rosto.

As demais criaturas não se moviam. Permaneciam em silêncio, postadas lado a lado, mirando as irmãs com atenção. Mas aquela coisa de aspecto mais concreto deu alguns passos para frente, na direção delas. Os pés, ossudos e desfigurados, arrastavam-se pelo chão em um caminhar trôpego, como uma criança aprendendo a se manter de pé. A cada passo, vertia de sua pele uma enorme quantidade de líquido incolor, umedecendo o chão. Em um gesto robusto e repulsivo, a coisa estendeu os braços, e um intenso clarão fluiu da palma de suas mãos.

O que começou como uma luz pontual cresceu em uma velocidade assustadora até tomar todo o recinto. O fulgor era tamanho que cegou as duas irmãs. Sabina cobriu os olhos com um dos braços, enquanto Eva encolheu-se junto do corpo sem vida de Irena.

O brilho intenso durou apenas alguns segundos. Então a claridade pareceu se ajustar, e Sabina sentiu um calor aconchegante no braço que erguera para proteger os olhos. Ao abri-los, descobriu-se em meio à floresta de Brno.

Não havia neve, tampouco estava frio. Um gostoso sol de fim de tarde pairava em um canto do céu, e Sabina pôde sentir a relva sob seus pés descalços. Pouco ao lado, Eva jazia encolhida no chão, com os olhos cerrados e as pálpebras apertadas. Bastou um toque da irmã caçula para que Eva também abrisse os olhos e se deparasse com o mesmo cenário.

Olhou ao redor sem disfarçar o espanto em seu semblante. Tentou dizer algo, mas nenhuma palavra foi capaz de deixar os lábios entreabertos. Ainda ajoelhada na grama, lançou os olhos para cima, na direção de Sabina, esperando que ela pudesse explicar alguma coisa, mas também não aconteceu. As duas permaneceram em um silêncio incômodo e perplexo.

Uma voz masculina se sobressaiu aos sons da floresta. Distante, não era possível entender bem o que dizia, mas era certo que vociferava em um tom agressivo.

Eva levantou-se, segurando Sabina pelo braço e fazendo um gesto negativo com a cabeça. Seu coração estava disparado.

— O que está acontecendo? — ela conseguiu gaguejar.

Sabina pensou um pouco antes de responder:

— Eu acho que ela quer nos mostrar alguma coisa.

A mais nova enganchou-se em um dos braços da irmã e a arrastou na direção da voz, que continuava a bravejar ao longe. Eva tentou oferecer alguma resistência, mas estava confusa demais para isso.

As duas se aproximaram do lago da floresta, onde era possível avistar um senhor de meia-idade aos berros com uma jovem de não mais de quinze anos.

— Quem você pensa que você é para falar assim comigo? — ele gritou, dando-lhe um tapa na cara.

— Pai, por favor — ela implorou, levando uma das mãos ao rosto.

— Você acha que é dona do seu próprio nariz? Acha que pode me enfrentar? — A menina não ousava responder, apenas se encolhia a cada palavra dita pelo homem. — Vai fazer o que agora? Chorar? Contar para sua mãe?

— Não... — murmurou a jovem, tentando conter as lágrimas. De nada adiantou.

O homem agarrou os cabelos compridos da filha, entrelaçando seus dedos próximos à raiz, e então passou a chacoalhar com violência a cabeça da menina.

— Você não é corajosa? Me enfrenta agora! Cadê a sua coragem, Irena?

O nome da avó ressoou pelos ouvidos das duas irmãs como um eco cortante. Sabina tentou correr na direção daquele homem, mas Eva a impediu. De alguma forma, sabiam que não eram parte daquele cenário e, portanto, não poderiam intervir em nada do que estavam a assistir. Trocaram um olhar pesaroso e confidente, e Sabina apertou a mão da irmã mais velha. O peito comprimido pela sensação de impotência doeu ainda mais ao se dar conta de que viam uma cena real.

— Pai, por favor, por favor! — choramingava a jovem, encolhendo-se a cada puxão que o pai lhe dava pelos cabelos.

— Está doendo, Irena? Isso é culpa sua! Você causou isso. Sabe por quê? Porque você não sabe o seu lugar.

— Desculpa — ela balbuciou em meio ao pranto, caindo de joelhos na relva. — Não vai se repetir.

— Eu vou me assegurar disso. — O homem empurrou a cabeça da filha contra a grama, e então levou as duas mãos ao zíper da calça. — Você é minha e eu faço com você o que eu quiser. Isso nunca vai mudar!

Ao notar o movimento do pai, Irena tentou rastejar para longe, mas o homem a empunhou pelos tornozelos, puxando-a de volta. Ela gritou, debatendo-se e tentando chutá-lo. Ele respondeu com mais um forte tapa em seu rosto, que a fez tombar de lado na grama.

O homem sentou-se sobre ela, segurando seus punhos contra o chão, e então passou a usar o peso do próprio corpo para prendê-la, enquanto usava as pernas para encaixar-se embaixo do vestido da filha. Com uma das mãos, puxou com agressividade sua roupa debaixo até rasgá-la, e então arremessou os trapos dentro do lago. A menina chorava, implorava.

— Pode gritar o quanto você quiser, que ninguém vai ouvir — afirmou com certa ironia, lambendo o rosto da menina de uma maneira nauseante.

M. Sardini

Em seguida, afastou-se apenas o suficiente para olhá-la nos olhos. — E desta vez vai ser bem pior, para você aprender o seu lugar.

Quando ele a penetrou, ela urrou de dor. Em seguida, calou-se, com medo. Enquanto aquele homem a invadia, em movimentos bruscos e violentos, Irena jogou a cabeça para trás, mirando o horizonte, na direção de suas netas, como se desejasse se transportar para bem longe dali. As lágrimas escorriam pelo rosto, os olhos clamavam por ajuda e denunciavam uma dor muito maior que a física.

Sabina apertou com força a mão da irmã, deixando que as lágrimas rolassem soltas pelas bochechas. Virou o rosto para o lado, tapando-o com a mão livre. Eva, por sua vez, não reagiu. Apenas observava a cena com olhos perdidos, aflitos, como se não pudesse acreditar que Irena passara por uma monstruosidade daquelas.

Após vários minutos, o pai da menina estremeceu em um orgasmo, e então saiu de cima dela com um olhar repulsivo. A expressão no rosto de Irena era um misto de humilhação, medo e dor. Sangue escorria por entre suas pernas, manchando a barra do vestido.

— Você é uma idiota! Olha isso. O que vai dizer para sua mãe? — ele bradou, apontando para o sangue.

— Que eu caí — ela forçou-se a dizer, de modo automático, como se repetisse uma resposta ensaiada, já dada muitas vezes.

— Não dá para dizer que você caiu, sua idiota! Caiu como para machucar aí? — Ele levou uma das mãos aos cabelos, demonstrando nervosismo. — Sua mãe não é burra. Ela vai entender o que aconteceu — bufou, olhando ao redor.

Os olhos do homem estagnaram sobre a superfície do lago. Não era nada incomum que as pessoas, em particular os jovens, que não tinham muito discernimento, acabassem se afogando ali.

Sem pensar muito, agarrou a filha, que jazia caída na grama, inerte em meio ao sangue, e a levantou, empurrando-a na direção do lago.

— Pai, o que você está fazendo? Não! Pai!

A voz da menina transformou-se em bolhas de ar subindo para a superfície da água. O homem a segurou com as duas mãos, empurrando o corpo da filha para baixo com toda a sua força. Os olhos em desespero dela o encaravam, desfigurados pelas águas tortuosas, conforme ela se debatia e gritava.

Ele a segurou ali por longos minutos, até que o movimento de Irena se reduzisse e, aos poucos, restassem apenas resquícios de ondas no lago.

Quando as águas se acalmaram, o homem pôde ver os olhos abertos da filha, vítreos, olhando-o, enquanto o resto de vida se esvaía deles.

Ele a soltou, e seu corpo começou a desaparecer, rumo às profundezas daquela água. O homem suspirou, acalmando-se, e afastou-se da beira do lago, ajeitando as roupas. Havia se molhado um pouco e até poderia dizer à esposa que fora na tentativa de salvar a filha. Balançou a cabeça, satisfeito, e passou a arrancar as gramas que haviam ficado marcadas com o sangue da menina.

Enquanto estava concentrado na tarefa, não notou que as águas do lago se escureceram cada vez mais, até adquirirem uma tonalidade quase preta, e algumas ondas circulares se formaram.

Eva e Sabina puderam ouvir quando uma voz melódica, suave, ecoou por todo o ambiente. Era uma gostosa voz feminina e parecia vir de dentro das águas escuras. O pai de Irena ergueu a cabeça, desviando de seus afazeres com a grama, olhando ao redor, como se buscasse a origem daquela canção.

Pouco depois, um coro de vozes femininas se juntou à primeira, dando continuidade e intensidade à música cantada. Eva e Sabina se entreolharam. Conheciam aquele cântico, aquela melodia.

— É a música que a Irena… — murmurou Eva, sem, contudo, finalizar a frase.

Sabina confirmou com um gesto rápido de cabeça, sem despregar os olhos das ondas sobre as águas do lago, que se agitavam cada vez mais. Alguma coisa grande estava prestes a acontecer.

O coro se intensificava, como se, pouco a pouco, mais e mais mulheres unissem suas vozes em consonância, atinadas, naquela entoada triste e, ao mesmo tempo, macabra. Ainda que não compreendessem bem a letra, cantada em russo, as irmãs se arrepiaram ao som do que parecia mesclar lamúria e afirmação, pesar e empoderamento.

Era um urro de dor e também um grito de guerra.

Eva apertou a mão de Sabina com força. O pai de Irena, bisavô das duas irmãs, aproximava-se do lago e trazia em suas feições um semblante maravilhado. Esboçava um sorriso sutil, com os lábios separados, e observava as ondas negras do lago com olhos vítreos, quase sem piscar.

À medida que o coro de vozes tornava-se mais alto e denso, mais hipnotizado o pai de Irena aparentava, caminhando em direção às águas como se flutuasse por sobre a relva verde. Chegou a adentrar as margens do lago, afundando as pernas até a altura do joelho, e então parou, encarando seu próprio reflexo distorcido.

Um jato de sangue, de um vermelho vívido, jorrou de suas narinas, escorrendo pelo rosto e gotejando no lago, mas o homem parecia alheio a isso. Seus olhos estavam petrificados em uma única direção: as profundezas daquelas águas escuras. Absorto em algo que somente ele parecia enxergar, aproximou a face daquela superfície fria, até submergir o rosto em todo o líquido negro.

— O que ele está fazendo? — perguntou Eva, chacoalhando de leve a mão da irmã.

— Eu... não sei — concluiu Sabina, sem desviar os olhos daquele episódio singular. Franziu a testa.

As ondas do lago se agitaram ainda mais, como se um vulcão submarino entrasse em erupção, fazendo as águas negras borbulharem. O corpo do pai de Irena foi envolto em mãos ossudas, carcomidas e descarnadas, que emergiam com avidez da superfície borbulhante e cravavam seus dedos finos e alongados na pele branca do homem, ferindo-a, perfurando-a. Aquele era o abraço da morte.

Ele não ofereceu qualquer resistência, muito pelo contrário. Como se quase desejasse aquilo, entregou-se às diversas mãos que o puxavam para baixo, para as profundezas do lago, até desaparecer da vista de Eva e Sabina.

O coro de vozes melódicas deu lugar a gritos desesperados de um homem, misturados às borbulhas da água e sons guturais das criaturas. Elas cravavam as enormes unhas na pele de sua vítima até atingir os ossos, arrancando-lhe sangue e berros estridentes. Seus dentes, crescidos como os de um animal selvagem, despontando para fora da boca esquelética, eram enterrados sem cerimônias pelo corpo do homem, rasgando-lhe a pele e espalhando as entranhas por toda a extensão do lago enquanto gargalhavam histéricas, deleitando-se com aquele espetáculo sanguinolento.

Minutos se passaram até que o silêncio se impôs novamente, aquietando também as águas do lago. A cor enegrecida se dissipou, vagarosa, até que o cenário retomasse seu aspecto anterior. A respiração ofegante e assustada das duas irmãs foi mais uma vez interrompida quando, de dentro do lago, uma criatura ergueu-se, imponente.

Alta, esguia, coberta em quase toda sua estatura pelos longos cabelos negros e molhados, que acompanhavam as formas delgadas de seu corpo. A pele, alva, quase translúcida, brilhava contra a luz da lua, que assumira o lugar do sol havia não muito tempo. Em seus braços dobrados, trazia o corpo sem vida da jovem Irena.

A entidade deslizou por sobre as águas, de maneira tão delicada que quase não distorcia a superfície do lago, e então, revelando seus pés finos, compridos e escamosos, caminhou poucos passos em terra firme, depositando com zelo o corpo da menina sobre a relva manchada de sangue seco.

Irena estava um pouco inchada, os lábios entreabertos, a pele arroxeada. De seus ouvidos, nariz e boca, escorriam fartas quantidades de água, e seu cadáver parecia rígido e pesado. A rusalka que a carregava a ajeitou sobre a grama, levando uma de suas mãos cadavéricas ao tórax da menina. Da palma de sua mão, um pequeno foco de luz azulada se desprendeu da pele esbranquiçada, indo de encontro à pele opaca e morta da adolescente. Nem bem o foco de luz adentrou o peito da jovem, Irena remexeu-se e começou a tossir e cuspir água.

Quando as pálpebras inchadas se despregaram, a jovem avistou não um monstro esquelético, mas uma belíssima mulher, que a observava com serenidade. A pele branca contrastava com os cabelos negros e longos, que se dependuravam por todo o corpo da moça, em um formato ondulado. Ela sorriu, em um gesto de ternura. De sua antiga forma, mantinha apenas os olhos sem esclera.

Irena sentou-se na relva, assustada, e olhou em volta, à procura do pai.

Ele não vai mais machucá-la.

A voz da rusalka era doce. Contudo, ela não abriu ou mesmo mexeu os lábios para dizer qualquer coisa. Era como se Irena pudesse ouvi-la dentro de sua cabeça — e, naquele momento, também a podiam ouvir Eva e Sabina.

As memórias, perdidas na mente como vários flashes embaralhados, começavam a fazer sentido, e a jovem Irena lançou um olhar receoso para o lago.

— Você... me salvou? — ela perguntou, hesitante.

A rusalka balançou a cabeça de um lado para o outro, em um movimento horizontal e pesaroso. Confusa, Irena encolheu-se, notando, então, o sangue seco sobre a grama. A lembrança do estupro a atingiu como um raio. Ela contorceu o rosto em uma expressão triste e segurou as lágrimas, que já brotavam na parte interna dos olhos.

— Eu... estou morta? — arriscou, desta vez deixando que as lágrimas escorressem.

Nem viva nem morta. A voz falou mais uma vez dentro de sua cabeça. *Você é uma de nós agora.*

Irena encolheu-se ainda mais, envolvendo as pernas com os braços, até encostar os joelhos na cabeça. Nem viva nem morta. O que isso significava? E o que ela faria agora? A rusalka se aproximou dela e a enlaçou em um abraço quase maternal. Deixou que a jovem soluçasse e despejasse em lágrimas o medo e raiva que sentia. Em seguida, acariciou-lhe os cabelos com a ponta dos dedos.

— O... o que é você? — Irena balbuciou.

A entidade se afastou apenas o suficiente para olhá-la direto nos olhos.

Somos a voz da impotência, da violência e da morte. A voz das vítimas que eles tentaram calar. Nós somos a sua voz. Somos a voz de milhares.

Irena piscou algumas vezes, perturbada e, ao mesmo tempo, encantada com aquele ser. A rusalka virou a cabeça na direção do lago, e a jovem a acompanhou. Por sobre as águas, inúmeras criaturas espectrais, que quase se desfaziam no ar, observavam as duas em silêncio. Apenas via-se as escassas formas esguias sacolejando com o movimento da água, como em uma dança serena. De um lado para o outro, o que lembrava uma mãe ninando o filho nos braços.

— Se eu sou uma de vocês — atreveu-se Irena, com a voz rouca e tímida —, por que não me pareço com vocês?

A rusalka a respondeu com um sorriso triste.

Você é tão nova ainda, tão jovem.

A voz deleitosa continuava a soar dentro de sua cabeça. Outra voz, também gentil, pareceu vir de uma das criaturas que sobrevoavam o lago:

Nós a devolvemos para o seu corpo.

E ainda outra:

Não podíamos deixá-la aqui.

Irena palpou os próprios braços e rosto.

— Então eu ainda estou viva — concluiu.

Não.

As vozes das rusalkas entoavam de maneira intercalada, quase sobrepostas, como se uma completasse a frase da outra, ressoando dentro da mente da jovem Irena.

Você tem seu corpo de volta.

Mas a sua alma não é mais humana.

Você é uma de nós agora.

E tudo tem um preço.

— Um preço? — A jovem pareceu surpresa. — Que preço?

Você pode viver uma vida boa.

Pode viver muitos anos ainda.

Mas não se esquecerá de quem você é.

A sua vida vai chegar ao fim de maneira natural.

E então você voltará para cá.

Para nós.

Para onde você pertence.

— Esse é o preço que eu tenho a pagar? Voltar para vocês quando eu morrer?

Tem mais uma coisa.

Os frutos do seu ventre.

Serão sempre mulheres.

Serão também nossas filhas.

Serão como nós, como você.

A jovem, aturdida com todo o ocorrido, apenas assentiu com a cabeça. Aquele parecia um custo pequeno para o fardo do qual se livrara. Estar destinada a ser uma criatura daquelas, por mais amedrontador que fosse, parecia melhor do que estar destinada às violências e abusos do pai. E, naquele momento, Irena ainda não sabia o quanto se sentiria culpada quando sua filha, Bianka, nascesse, anos depois.

Eva, que a tudo assistia, pela primeira vez sentiu os olhos marejarem-se, como se enfim saísse de seu estado de choque.

— Os frutos do seu ventre — murmurou, repetindo as palavras das rusalkas. — A mamãe. — Eva engoliu em seco, voltando-se para Sabina. — Ela sabia!

Um novo clarão apossou-se de todo o ambiente, cegando mais uma vez as duas irmãs. Quando o fulgor se dissipou, encontravam-se de novo no quarto de Irena, na velha casa de Brno. Sabina estava postada próximo à porta. Eva, sentada na cama, envolvia em seus braços o corpo sem vida da velha Irena.

Existe uma ponta do nó
Um fim de toda cadência
Mas ela não fica só
São irmãs de resistência

Dimitri retirou o telefone do gancho três ou quatro vezes, para então colocá-lo de volta. Passou uma das mãos pelos cabelos, bagunçando-os.

Martina murmurou alguma coisa, com a voz chorosa. Jazia sentada em uma cadeira, centralizada no salão escuro, os olhos lacrimejados e fixos no homem que a sequestrara.

O Caçador Soviético ignorou. Continuou de costas para ela, encarando o aparelho de telefone. Sabia que a moça não poderia fugir. Mal conseguia andar, talvez com uma das pernas quebradas, e tampouco conseguiria escapar de um eventual tiro da pistola que ele trazia à mão. Além do mais, escapar daquele lugar seria difícil, em quaisquer circunstâncias. Era para lá que o Caçador levava os baderneiros, homens e mulheres que desafiavam o governo soviético. Ali se podia gritar, chorar, socar as paredes e até mesmo dar um tiro sem que ninguém perturbasse. Era ali o canto que ele apelidara de "sala dos réus" e, sem que ele precisasse dizer isso, Martina parecia compreender a tudo.

Dimitri tirou mais uma vez o aparelho de telefone do gancho, levando-o até uma das orelhas e escutando o som da linha livre por alguns instantes.

Sabia que havia uma pessoa a quem ele poderia — ou deveria — recorrer naquela situação. Uma pessoa que, com certeza, saberia o que fazer com Martina. Entretanto, alguma coisa o incomodava.

— Dimitri — balbuciou a moça, tentando conter o choro —, por favor! Você pode me dizer o que está acontecendo? O que você quer? É dinheiro?

O homem desligou outra vez o telefone, olhando-a pelo canto dos olhos.

— Você lembra meu nome — sussurrou.

Ela assentiu em um gesto tímido de cabeça, deixando que as lágrimas escorressem pelas maçãs do rosto. Martina era uma moça bonita, diferente das criaturas cadavéricas que ele caçava. E ela não parecia fazer a menor ideia do que estava acontecendo. Além disso, Dimitri já pesquisara sobre a vida da jovem antes e não encontrara nada desabonador. Ela aparentava ser apenas uma mulher comum, com um emprego comum, uma vida comum. Talvez Martina nem soubesse a razão de tudo aquilo. Talvez nem imaginasse qual era seu destino. Isso fazia dela inocente? Como ele poderia degolar uma mulher inocente?

Ademais, o Caçador não esperava que a moça lembrasse seu nome e ouvi-la dizê-lo soava humano demais para quem estava fadada a ser uma rusalka.

As rusalkas não falavam com ele, não se davam a esse trabalho. Tudo o que um homem poderia ouvir das rusalkas era seu cântico doce, hipnotizante, que apenas fazia parte de uma armadilha mortal. Na forma animal, entoavam uivos agudos, que lembravam gritos de uma criança. Mas estava aí algo que ele nunca tinha ouvido antes: uma rusalka pronunciar seu nome.

Avançou alguns passos na direção de Martina, dando as costas para o aparelho de telefone. A moça empurrou o corpo contra o encosto da cadeira, na tentativa de se afastar do Caçador. Ele se aproximou com tranquilidade, arrastou uma segunda cadeira para perto dela e então sentou-se. Depositou a pistola no chão, próximo a seus pés. Afastou as pernas, inclinando-se para frente, e apoiou os cotovelos nos joelhos, com um semblante sério e pensativo. Quando fez menção de dizer algo, a moça estremeceu, encolhendo-se. Ele suspirou, pesaroso, baixando a cabeça.

— Antes de mais nada, eu peço desculpas — disse, em um tom de voz calmo. Martina franziu as sobrancelhas. — Eu não queria assustá-la.

As lágrimas escorriam copiosas pelo rosto pálido de Martina. Seus cabelos acobreados tinham um aspecto sujo e bagunçado. O Caçador prosseguiu:

— Veja bem, eu dediquei minha vida a manter a ordem das coisas, a tentar evitar o caos.

M. Sardini

— Mas eu não fiz nada! — Martina o interrompeu.

Ele ergueu o olhar, observando-a durante poucos segundos, então tornou a baixar a cabeça.

— Eu sei. Esse é o problema. — Calou-se, ouvindo os soluços baixos que a moça tentava encobrir. — Eu não sou um carrasco, sabe? Não gosto de injustiça. E essa situação não é culpa sua, eu sei, mas você está envolvida nisso.

— Que situação? — Martina soava um misto de medo e desespero.

Dimitri pensou um pouco antes de responder.

— Você sabe o que é uma rusalka? — perguntou, por fim, encarando-a.

Martina franziu o cenho, confusa. Passou-lhe pela cabeça que talvez o Caçador Soviético sofresse de alguma psicose e estivesse delirando. Que pergunta era aquela? Pensar nisso a fez ser tomada por uma onda de medo. Estaria nas mãos de um homem louco? Seu corpo começou a tremer de tal maneira que fez a cadeira dar alguns pulos, arrastando-se sobre a superfície áspera do chão.

— Uma rusalka? A... sereia? — gaguejou.

Dimitri observou as botas da moça, sujas de neve, tiritarem contra o chão. Ergueu as sobrancelhas, comprimindo os lábios para o lado esquerdo em uma espécie de careta. Ela estava sendo sincera. Ela não sabia. Ela não fazia ideia.

— Mais ou menos isso — concluiu, sem esconder certa decepção na voz. Fez uma pausa enquanto pensava como deveria agir diante daquilo. — Tem uma história que eu preciso lhe contar. E eu preciso que você ouça com atenção, tudo bem? — A voz era pausada e assertiva.

A jovem fez um gesto positivo, em movimentos rápidos e curtos de subir e descer a cabeça. O corpo tremia cada vez mais, fazendo também latejar as pernas e o braço machucados. Ele continuou, ajeitando-se na cadeira:

— Certo. Essa história é sobre uma mulher chamada Şura. Em russo, esse é um dos diminutivos de Alexandra, e era assim que todos a chamavam. Şura era filha de um nobre russo, lá no início do czarismo.

Martina o olhava de maneira vítrea, as lágrimas inundando os olhos castanhos. Tentava compreender a lógica por trás daquilo, ao mesmo tempo em que uma dor excruciante a tomava por inteiro, irradiando das pernas e do braço. O Caçador parecia ignorá-la, compenetrado na história que contava:

— Pois bem. Şura estava prometida para o filho de outro nobre e, assim que completasse quinze anos, o casamento seria consolidado em uma grande e esperada cerimônia, que representaria uma aliança política entre os pais dos noivos. Acontece que, pouco antes de seu aniversário, Şura conheceu um outro homem e se apaixonou por ele. Esse homem era um serviçal da casa, recém-chegado, e seu nome era Dimitri.

O rosto do Caçador Soviético se contraiu em uma micro expressão de tristeza, tão sutil e discreta que Martina não teria percebido se não estivesse o encarando de forma tão impiedosa. O fato de o rapaz da história ter o mesmo nome do Caçador a fez prestar ainda mais atenção no que ele dizia.

— A princípio, ela tentou se manter fiel aos propósitos do pai, mas, com o tempo, acabou cedendo. Şura e Dimitri passaram a ter um relacionamento secreto, que talvez tivesse se mantido assim por muito tempo, se não fosse uma gravidez. — A expressão de tristeza no rosto do Caçador se intensificou. — O noivo não podia saber. Do contrário, o casamento estaria arruinado, assim como a aliança entre os pais. A família de Şura achou por bem inventar uma doença e trancá-la no quarto durante toda a gestação. O médico da família, que fez o parto, foi morto no dia seguinte, para que não houvesse testemunhas do nascimento. E nasceu uma menina.

A voz do Caçador embargou, em um titubeio recatado. Ele fez alguma força para terminar sua história:

— Ela deu um jeito para que Dimitri soubesse da filha, mas ele não tinha como vê-la. O quarto de Şura era cercado o tempo todo por guardas. A família queria livrar-se da criança, para que Şura pudesse se casar e fingir que aquele episódio infeliz não havia acontecido, mas ela não foi capaz de fazer isso. Ela se negou a se livrar da filha e seu castigo foi a punição por desonrar o pai. Em uma noite de domingo, em pleno inverno, o pai de Şura a arrastou até um lago, amarrou suas pernas em pedras enormes e pesadas e a jogou por uma rachadura no gelo. Ela não teve chances. O pai a assistiu afundar nas águas gélidas, com a filha nos braços. Dizem que ela morreu acalentando a menina com uma antiga canção de ninar. A criança nunca sequer recebeu um nome.

Dimitri se calou, como se tomasse fôlego. Martina o observou em silêncio, receosa, ainda sem compreender qual era o intuito daquele homem.

— O pai de Şura queria um nome. Queria saber quem era o responsável por aquela desonra, quem havia deflorado sua filha mais velha, prometida para outro homem. — O Caçador ergueu os olhos na direção de Martina, esboçando um sorriso triste. — Ele morreu sem saber quem era. Şura levou para a cova o nome do amante e pai de sua filha. Ela pagou sozinha pelo crime que os dois cometeram.

— Ela o salvou — Martina concluiu, apreensiva. Não sabia se devia dizer algo, mas a reação de Dimitri foi sacolejar a cabeça em um gesto afirmativo.

M. Sardini

— Ele teria uma punição pior que a dela e ela sabia disso. Şura o amava e o protegeu como pôde, e ele não fez nada para protegê-la também.

Alguns segundos de silêncio antecederam a pergunta temerosa de Martina:

— O que essa história significa?

Dimitri passou a língua sobre os lábios, umedecendo-os.

— Alguns meses depois da morte de Şura, o pai dela sofreu um acidente e foi encontrado morto na banheira. Dizem que se afogou. O ex-noivo, que acabou se casando com outra mulher, também amanheceu morto certo dia. Parece que caiu em um rio durante uma caçada e também morreu afogado. Depois da morte dele, a esposa admitiu que ele era um homem muito agressivo e controlador e que sentia muita raiva de Şura. Você entende aonde eu quero chegar?

A jovem balançou a cabeça de um lado para o outro, na horizontal, contorcendo-se com a dor que ainda tomava seu corpo.

— Não tenho certeza se entendo — disse, enfim.

— Şura é um monstro, senhorita Martina. Ela é uma alma rancorosa, carregada de dor, mágoa, ódio e sede de vingança. E a ela foram se unindo outras mulheres, que também foram vítimas de seus pais, maridos, amantes, irmãos. Que também perderam suas vidas em rios e lagos. Ela recruta um exército, cada vez mais forte, cada vez mais perigoso. Elas são malignas, senhorita. São demônios que habitam as águas e se alimentam da alma de determinados homens. Esses demônios são as rusalkas.

— Mas isso é apenas uma história, certo? Uma lenda.

Dimitri levou uma das mãos ao bolso da calça, retirando um maço de cigarros. Em seguida, alcançou um isqueiro no bolso interno do casaco.

— Se importa se eu acender um cigarro? — Diante da negativa da moça, ele prosseguiu: — Essa é uma história real, senhorita Martina. Eu sou o responsável pelo que aconteceu com Şura. Sou o pai da criança que ela levou consigo para as profundezas, o homem que a abandonou nas mãos de um pai ditador e que a deixou morrer de uma forma tão brutal.

Martina recostou-se contra o encosto da cadeira mais uma vez, tentando se distanciar do Caçador Soviético. Agora tinha certeza de que ele era algum lunático. Ele não pareceu se incomodar.

— Isso foi há muito tempo — disse Dimitri —, mas não acabou ainda. Veja, senhorita Martina, Şura e eu somos almas velhas. Não importa quantas vezes o meu espírito deixe de habitar um corpo e renasça em outro, eu não consigo esquecer. Eu carrego por séculos o mesmo nome, as mesmas lembranças, a mesma culpa. Eu sou um homem amaldiçoado, senhorita.

A moça ainda tentava se afastar dele, projetando as costas para trás.

— Então por que ela não o matou, como fez com os outros? — perguntou Martina, talvez em uma tentativa de mostrar ao homem o quanto sua narrativa era ilógica.

— Ela tentou — respondeu Dimitri, de pronto. — Ela ainda tenta. Na verdade, ela é maldosa e sabe que estamos presos em uma dança fúnebre. Ela sabe que me pune mais assim do que devorando a minha alma. Mas eu também tive o meu exército e dediquei minhas vidas, desde então, a tentar pará-la. Isso tudo é culpa minha e eu preciso detê-la. A mulher que eu amei um dia não existe mais, senhorita. O que existe é um espectro da raiva dela, misturado ao de tantas outras. Cada vez menos humanas, cada vez mais demoníacas. E tem outra coisa também. Não sei que nome dar, então chamo de sexto sentido, mas a verdade é que eu estou conectado a elas de alguma forma. Não apenas à Șura, mas também à menina que morreu nos braços dela. Eu sou também pai de uma rusalka.

Aquela história era absurda, mas o Caçador a contava com bastante convicção. Martina arriscou-se:

— Por que você queria que eu soubesse dessa história?

Ele deu um longo trago no cigarro, sem pressa.

— Nós dois somos amaldiçoados, senhorita. E o destino nos aproximou.

— Amaldiçoados como?

Dimitri retornou o cigarro à boca, desta vez deixando-o repousar ali em vez de tragá-lo. Depois respondeu, sem tirar o cigarro do meio dos lábios:

— Eu estou amaldiçoado a detê-las, senhorita Martina. Você está amaldiçoada a ser uma delas.

— Uma rusalka? — Martina não pôde esconder o inconformismo em seu tom de voz.

— Sim, uma rusalka. — Ele segurou o cigarro com a ponta dos dedos, jogando-o no chão e o apagando com a biqueira do sapato. — E eu preciso detê-la.

Em um movimento rápido, Dimitri alcançou a pistola no chão, engatilhando-a e apontando-a para Martina. A moça congelou na cadeira, sem nada dizer. O Caçador levantou-se, andando de costas até o aparelho telefônico, sem tirar a jovem da mira de sua arma. Com apenas uma mão, discou algum número e então levou o telefone ao ouvido. Alguns instantes de silêncio inundaram o ambiente.

— Pai? — ele disse, segundos após. — Eu estou com uma situação aqui e acho que preciso de ajuda.

O sangue quente verte
Escorre da lâmina fria
É a vida que se subverte
Numa carta de alforria

O corpo de Irena estava frio e Eva o depositou com cuidado na cama, posicionando a cabeça da avó sobre o travesseiro. Em seguida, Sabina se aproximou, segurando a mão gélida e desfalecida do corpo inerte. Os três espectros ainda estavam ali, no canto do quarto, e as duas podiam sentir a aproximação das rusalkas, que, pouco a pouco, cercavam a casa.

Havia, entretanto, uma tensão no ar. As rusalkas não se aproximavam apenas para receber Irena em seu bando, mas estavam ansiosas, angustiadas, e as irmãs podiam sentir aquilo. Enquanto Eva se despedia do corpo da avó, Sabina abriu a porta dos fundos da casa, deparando-se com um aglomerado de pequenas raposas vermelhas que se ajuntavam ali. Elas eram estranhas, excêntricas, ainda que não fosse simples de identificar o porquê.

Aqueles animais a olharam de maneira firme, fincando seus olhos grandes e opacos nos olhos verdes da moça. Os dentes caninos escapavam pelas laterais das bocas fechadas, e os pelos das costas estavam eriçados, formando uma espécie de crina que acompanha toda a extensão do corpo. Sabina soube que alguma coisa estava errada.

Tornou para o quarto de Irena, onde Eva ainda jazia ao lado do corpo recém-falecido. Elas estavam todas reunidas ali: a avó, as duas netas, os três espectros.

— Eva, você sabe onde está a Martina? — A voz de Sabina saiu mais rouca do que ela esperava.

A irmã mais velha levantou-se.

— Deve estar em casa, com o Ian — respondeu, mas em seu âmago também podia sentir o alvoroço das rusalkas.

Bastou um telefonema para que soubessem que Martina havia deixado sua casa havia um bom tempo e que já deveria estar na casa de Irena.

Eva e Sabina correram para a rua, fazendo o trajeto contrário para a casa de Eva, em busca de Martina. Não tardou a encontrarem a motocicleta amarela na rua de trás, jogada em um canto da via. A motocicleta estava batida, amassada, e era possível ver um rastro de pneu impresso no gelo frio da noite.

— Aconteceu alguma coisa com a Martina! — Eva externou a certeza que sentia no peito. Era como se pudesse ouvir os pensamentos das rusalkas e sentir o que elas sentiam.

De certa forma, Martina era uma delas e todas podiam senti-la de um jeito ou de outro. Estavam conectadas a ela, bem como eram conectadas entre si. A dor de uma era a dor de todas. O medo de uma era o medo de todas. E, mesmo que Martina ainda não pudesse entendê-las, elas a entendiam.

— O que você acha que aconteceu? — perguntou Sabina, erguendo a motocicleta de Martina do chão. — Devemos chamar a polícia?

Eva esfregou o peito com uma das mãos, massageando-o, como se isso a ajudasse a pensar com mais clareza.

— Não sei se devemos chamar a polícia — concluiu, tentando tomar fôlego e manter o raciocínio.

Quando Eva e Sabina retornaram para a casa de Irena com a motocicleta amarela, o grupo de raposas estava colérico, exaltado, com os pelos das costas ainda mais arrepiados. De longe, elas pareciam menores, mas, de perto, eram animais corpulentos e esquivos. Havia alguma coisa sinistra na forma como se moviam. Era como se tentassem imitar os movimentos de uma raposa real, mas o fizessem sem muito êxito.

O espectro de Irena assumia uma forma cada vez mais física e palpável e jazia postado pouco aquém da porta de entrada, em silêncio. Quando as duas irmãs retornaram, a besta as encarou e então baixou a cabeça. Não era preciso dizer nada. Ela sabia, elas sabiam.

M. Sardini

A criatura, então, estremeceu. Seu ombro direito, pontudo e molhado, trepidou como a luz de uma vela, seguido do restante do braço. Em segundos, aquele ser passou a tremer por inteiro. Eva alcançou a mão da irmã, apreensiva.

A pele da criatura, reluzente, começou a escurecer e, pouco a pouco, assumir uma tonalidade avermelhada. As escamas, que cobriam partes do corpo da rusalka, foram substituídas por longos e macios fios acobreados. Os dentes cresceram, o nariz se acentuou, ela se retorceu por inteiro em um urro de dor. Aquele novo animal selvagem estava pronto.

A raposa disparou pela porta da frente, unindo-se, na rua, ao restante do bando. Em meio a uivos, perfizeram seu caminho rumo à floresta, levantando estilhaços de gelo por onde passavam.

— Espera! — gritou Sabina, correndo na direção da cozinha. Em seguida, retornou com uma grande faca, escondendo-a por dentro dos casacos de neve. — Acho melhor levar isso.

Eva assentiu, puxando a irmã pelo braço até o carro, e o pneu derrapou na neve, seguindo as rusalkas.

— Você tem certeza? — A voz grossa soou pelo telefone.

— Absoluta! Todas as peças do quebra-cabeças se encaixam. E meu faro não falha!— Dimitri foi imperioso.

A voz veio carregada:

— E o que você pretende fazer?

— Matar a menina, eu acho. Existe alguma outra solução?

Dimitri pôde ouvir um suspiro pesaroso do pai.

— Eu não tenho certeza.

— Eu não tenho muito tempo — Dimitri emendou. — Estou com ela em uma instalação do governo. Preciso dar um fim nesse... problema.

O pai suspirou mais uma vez.

— Eu já retorno.

A ligação foi desligada antes que Dimitri pudesse responder. Ele devolveu o telefone ao gancho, na esperança de que o aparelho tocasse em breve. Demorou um pouco mais do que ele esperava.

— Alô?

Um instante de silêncio precedeu à resposta:

— Eu receio que seja uma missão muito perigosa, Dimitri.

— E qual missão não é, pai?

— Não, é diferente. Eu acho que pode ser uma missão suicida.

O Caçador trocou o telefone de orelha, agitado.

— Suicida? De que forma?

— Espera! — A ordem veio seguida de barulhos de folhas de papel, como se o homem buscasse algo em um livro. — Para ser sincero, não existe um registro confiável de como proceder. Há várias supostas soluções, nenhuma que tenha funcionado bem, exceto uma.

— Seguiremos essa, então.

— Pode ser arriscado demais, Dimitri. E nem sabemos se vai dar certo.

— Arriscado demais é não tentar nada. O senhor sabe que não podemos deixar que essa praga continue.

Mais um suspiro, desta vez resignado, ecoou pelo telefone.

— A menina tem filhos?

— Não. É a última geração da família.

— Certo. Então o que você precisa fazer é matá-la como se fosse qualquer outra rusalka, mas seu sangue deve ser derramado ainda quente em águas doces, de preferência nas mesmas águas onde a maldição começou. Isso, em tese, vai libertar a mãe e a tia e encerrar o ciclo dessa desgraça. Mas tem um porém: você estará próximo demais da água. — O homem fez uma pausa desconcertante. — Sabe o que isso significa.

Dimitri encostou-se contra a parede, observando Martina com um olhar analítico. Não tinha certeza de onde havia começado aquela maldição, sequer em qual membro da família isso havia acontecido, mas sabia onde as rusalkas estavam e sabia que Brno era a cidade natal da velha Irena. Seus lábios retorceram em um sorriso triste.

— Considere feito.

— Dimitri. — O pai o chamou antes que ele desligasse o telefone. — Foi uma honra servi-lo.

— A honra foi toda minha, pai.

O clique do telefone no gancho reverberou tão alto por aquelas paredes que era como o som de um juiz a bater o martelo em alto e bom tom, selando a sentença de morte. E aquilo valia para ambos ali.

Havia um brilho confuso no olhar de Dimitri quando ele arrastou Martina para fora do carro. A menina tinha as mãos amarradas por cordas e uma mordaça cobria sua boca, ainda que não a impedisse de tentar gritar por ajuda. O Caçador alcançou sua mochila, com um arsenal inteiro de armas cortantes com lâminas de ferro puro, e escondeu outras duas adagas nos tornozelos. Em seguida, pegou a menina no colo, levando-a para dentro da floresta.

Martina se debatia, tentando chutá-lo, mas em algum momento deu-se conta de que estava fadada a morrer ali. Mesmo que conseguisse se desvencilhar dos braços daquele homem, faria o que depois? Não conseguiria correr, as pernas ainda latejavam de dor. Um dos braços também. Ela era uma presa fácil enroscada na teia de uma aranha faminta. Não havia nada a se fazer, a não ser se conformar com aquilo.

Dimitri a carregou por um bom trecho. Quando Martina desistiu de lutar contra seu destino e se calou, ouvia-se apenas seus eventuais soluços amedrontados a interromper o silêncio fúnebre da floresta. Nenhum animal ousava atrapalhar aquele momento. Nem mesmo uma folha ousava cair.

Quando a floresta ficou mais densa e a copa das árvores deixaram-na mais escura, a primeira nota musical retumbou, distante.

Martina estremeceu. Foi tomada por aquela voz melosa e lúgubre que ecoava em sua mente, como se a possuísse de dentro para fora. Era soturna, era melancólica, dolorosa, pungente, tétrica, letal.

Quanto mais se aproximavam da clareira da floresta, mais aquela voz parecia compenetrá-la de uma maneira assustadora. Um arrepio desgastante a sufocava e ela tinha vontade de cantar junto, mesmo sem saber o que era aquela música. Quanto mais alto a entoada ficava, mais claras eram as palavras. Era russo. Era Şura.

Rusalkas.

O cântico aumentava, intensificava-se, e outras vozes sombrias se uniam à primeira, ganhando corpo. O coro era grande, era poderoso.

As vozes da impotência. As vozes da resistência. As vozes de muitas.

Aquele pensamento invadiu a mente de Martina, apossando-se dela, como um câncer, que vai se espalhando em metástases. As vozes eram físicas, sólidas, e gravavam ranhuras na pele de Martina, clamavam por ela. Era verdade, então. Şura, as rusalkas, a maldição. Era tudo verdade. Tão verdade e tão palpável que pulsava dentro dela de uma maneira incontrolável.

O coração de Martina acelerou, faltava-lhe o ar, o peito prensava com força, ela tremia. E achou que morreria de falta de ar quando, enfim, atingiram o lago.

Do outro lado da floresta, Eva e Sabina atingiam o início da mata escura e silenciosa, cercadas por um bando de animais espumando pela boca e de caminhar desconjuntado. A floresta era maior e mais densa do que as irmãs se lembravam e, a cada passo que davam para dentro da vegetação, era como explorar um pesadelo.

Hesitaram, por poucos segundos, em ultrapassar um determinado ponto. Nunca haviam caminhado tanto mata adentro, e a copa das árvores fechavam-se sobre elas, estreitando mais e mais o caminho em uma visão claustrofóbica. Pelo canto dos olhos, podiam avistar o movimento de algo que as acompanhava, mas que desaparecia quando olhado diretamente, e o canto agonizante daquelas vozes coléricas começava a se fazer ouvir.

As raposas corriam como se quase não tocassem mais o chão. As patas pequenas mal deixavam rastros sobre a neve, e os músculos das costas retorciam-se na tentativa pífia de simular um movimento natural. Algumas retardavam o passo, como se não desejassem deixar Eva e Sabina sozinhas naquele lugar. Já outras corriam na frente, e muitas delas haviam alcançado o lago quando Dimitri e Martina ali chegaram.

As vozes da rusalkas eram tão intensas que Dimitri comprimia o rosto em uma careta, uma vez que não podia usar as mãos para tapar os ouvidos.

Ele sabia que não teria muito tempo. Sabia que precisava ser rápido, ágil e assertivo, se quisesse vencer aquela batalha e não fazer seu sacrifício ser em vão. Uma outra sensação o tomava: medo.

Pela primeira vez, ele entregaria sua alma às tão ávidas e famélicas rusalkas e sabia o que aquilo significava. Era o fim da linha. Era o ponto final da música que ele e Şura dançaram por tanto tempo.

Arrastou o corpo, agora amolecido, de Martina, até a beira do lago. Apesar de congelado, havia uma grande fenda, a entrada de uma toca, que era o ponto final do rastro de muitas pegadas na neve. Era ali que tudo aconteceria.

Dimitri depositou com delicadeza o corpo da moça no chão, o que parecia bastante contraditório para quem desejava matá-la. Em seguida, alcançou uma de suas adagas de ferro no tornozelo. A lâmina tilintou ao deixar a bainha de couro. Pareceu cortar o ar. Ele a firmou na mão esquerda e ajeitou Martina no braço direito, tentando ignorar o desconforto que sentia em matar uma jovem que sequer escolhera aquele caminho, e não pôde evitar que lágrimas vertessem pelo rosto.

— Martina! — A voz de Eva rasgou o vácuo que se formara entre a mente de Dimitri e o canto das rusalkas. Ela e Sabina estagnaram a alguns passos do homem, aflitas.

Uma última parte do bando de raposas rosnava, os caninos afiados à mostra, enquanto posicionavam-se ao redor de Dimitri. Mas elas sabiam, tanto quanto ele, que eram vulneráveis naquela forma.

M. Sardini

Ele teria ignorado. Teria fincado a lâmina fria no pescoço da moça, rasgando sua jugular de ponta a ponta, e depois forçando ainda mais, para trás, até sentir cada um dos tendões ceder à cortante folha de metal, derramando o sangue quente e ainda pulsante nas águas geladas de Şura.

Mas isso não aconteceu.

Antes que ele pudesse cravar o golpe fatídico contra o pescoço alvo de Martina, o canto das rusalkas cessou, bem como o rosnado das raposas, cobrindo a floresta por um silêncio ensurdecedor. O coração do Caçador Soviético parou de bater por uma fração de segundo quando o gelo que cobria o lago se rompeu, e de dentro dele ergueu-se, insolente, a criatura.

Não uma criatura cadavérica, fantasmagórica, de pele escamosa e corpo esquelético, mas uma mulher. Estava nua, e a luz da lua acariciava as formas suaves do corpo pequeno. Os seios protuberantes despontavam por entre os longos cabelos ruivos, encharcados, que pendiam do topo da cabeça até o fim das costas. Em seus braços, carregava um bebê adormecido, também nu, aconchegado ao tórax da mãe.

A mão esquerda de Dimitri vacilou, quase derrubando a adaga de ferro, como se o corpo todo perdesse as forças. Os olhos daquela beldade não eram negros, nem opacos, nem pareciam com os de um demônio. Eram olhos que ele conhecia tão bem e que já vira brilhar de perto muitas vezes, havia tanto tempo.

— Şura — murmurou, afônico.

Ela estendeu uma das mãos até ele, fazendo um sinal convidativo. Suas mãos eram suaves, delicadas, e ele lembrava de seu toque quente e macio.

— Já chega disso, meu amor — ela sussurrou, mexendo os lábios com calma.

Ele estremeceu. A voz dela não mudara nada durante todo esse tempo. Aquela não era a voz da rusalka, mas sim da mulher por quem ele se apaixonou. Aquela era a voz que ele ouvira sussurrar tantas vezes em seu ouvido. A voz que ele mais amava no mundo, e o peito parecia explodir de vontade de estar com ela, com a filha. De estarem juntos.

O braço direito de Dimitri afrouxou, soltando Martina, e a jovem arrastou-se, ainda sentada, por alguns centímetros, puxando as pernas machucadas por sobre a neve branca e fria.

Dimitri suspirou, sem conseguir despregar os olhos de sua amada, que o continuava chamando com uma das mãos, enquanto a outra envolvia a filha dos dois em seus braços. Ele queria ir, queria estar com ela, com elas. Era o que mais desejava naquele momento.

Levantou-se, esticando os joelhos com cuidado, e deu um passo na direção das águas glaciais do lago. Sentiu o coturno umedecer. Uma onda de frio o inundou, tornando ainda mais urgente a necessidade daquele abraço. A mão tremia, a adaga cintilava.

Ele fechou os dedos em volta do punho da adaga de ferro. Cerrou os olhos e uniu toda a força que encontrou para atirar-se sobre o corpo de Martina.

Foi tudo muito rápido. Ele sequer teve tempo de ver Eva atirando-se sobre o corpo da filha, protegendo-a. A menina caiu no lago antes deles. A lâmina afiada cravou no tórax de Eva. O barulho da folha de metal contra os ossos irrompeu pela floresta, estridente, e Dimitri pôde sentir quando sua mão atravessou o corpo ensanguentado, quase ao mesmo tempo em que ambos caíram nas águas das rusalkas.

Quase que no mesmo instante, as raposas que o cercavam atiraram-se ao lago. Os pelos acobreados, em contato com as águas frias, tomavam uma tonalidade escura, e aos poucos aquelas bestas canídeas diluíam-se, como se estivessem se derretendo e unindo-se ao lago, tornando-se as próprias águas.

A última coisa que Dimitri viu foram os olhos de Şura, lindos como ele se lembrava, observando-o, apática, enquanto ele afundava. E então a imagem de sua amada foi coberta pelo bando voraz das rusalkas. Elas eram muitas, elas eram sedentas, elas eram impiedosas.

Com ela não existe conversa, não há nada mais evidente. É tudo preto no branco. Olho por olho, dente por dente.

Foi seu último pensamento, quando se desfez em sangue, entranhas e urros de dor.

O corpo de Eva, que tombara nas águas gélidas junto ao do Caçador, ainda tinha vida. Embora houvesse um rombo em seu peito, do tamanho do punho de um homem, ela ainda conseguia respirar. E não saberia dizer se aspirou mais água ou sangue para dentro dos pulmões, tentando manter a cabeça para além da superfície do lago. Tossiu, e uma rajada de sangue quente escorreu por seus lábios.

O frio a entorpeceu, ou talvez tenha sido a dor, e ela ouvia os gritos histéricos de Martina e Sabina ao longe, como se estivessem tão distantes.

Martina estava bem e isso era tudo o que importava para ela naquele momento. A filha tentava nadar em sua direção por entre os blocos de gelo manchados de vermelho, e os cabelos estavam por completo embebidos em sangue. Ela arquejava, em pânico e com frio, dando braçadas no sangue da própria mãe e nas vísceras do Caçador. Quanto mais nadava, mais Eva parecia longe e inatingível. Até que a alcançou.

O calor de Martina envolveu a mãe em um abraço tão apertado, tão vee-mente, e as lágrimas quentes escorreram do rosto da menina com tamanha franqueza, que Eva soube que ao menos poderia dar seu último suspiro em paz.

Epílogo

Martina esboçou um sorriso tímido quando avistou Sebastian entrando na cafeteria. Ele se aproximou, sentando-se na cadeira à sua frente.

— Oi — disse, em um tom de voz bastante hesitante.

— Oi — ela respondeu, parecendo cansada.

Ele suspirou, com um semblante triste.

— Eu pensei em ligar para saber como você estava, mas não sabia se era uma boa ideia.

Martina estendeu os braços sobre a mesa, segurando as mãos de Sebastian.

— Sempre é uma boa ideia me ligar.

— Eu nem imagino como esteja a sua cabeça agora. Com tudo o que aconteceu. Aquele homem maluco...

Ela o interrompeu:

— Eu não quero falar disso.

— Sobre o que você quer falar, então? — Ele apertou as mãos dela sobre a mesa, olhando-a direto nos olhos.

— Eu estou grávida — disse, sem cerimônias. Antes que Sebastian pudesse responder, ela emendou: — Achei que você tinha o direito de saber.

O rapaz arregalou os olhos, respirando fundo e projetando o corpo para trás. Em seguida, inclinou-se sobre a mesa, segurando as mãos de Martina com mais força ainda. Tentou dizer algo, mas as palavras lhe faltaram. Ele sorriu.

— Tem mais uma coisa — disse Martina, acariciando as mãos de Sebastian. — Se você não se importar, eu gostaria de chamá-la de Eva.

Ele concordou de pronto. Compreendia a vontade dela de homenagear a falecida mãe.

— Se for uma menina, será Eva, então.

Martina abriu um sorriso torto, que mesclava alegria e tristeza. Em seguida, baixou a cabeça, ainda segurando as mãos do ex-noivo.

— Eu sei que é uma menina.

Ele assentiu, sem questionar. Não era o momento para isso.

— Acima de tudo, somos amigos, Martina. Minha melhor amiga. E fico feliz que tenha me contado.

Algumas lágrimas escorreram, silenciosas, pelo rosto corado da moça, e ela mexeu os lábios, agradecendo, porém sem emitir qualquer som.

— Você ainda quer um café? — perguntou Sebastian, tentando acolhê-la.

Martina levantou-se da cadeira e caminhou até ele, dando-lhe um forte abraço. Ele também se ergueu da cadeira, aninhando-a em seu peito e acariciando os cabelos ruivos.

— Eu amo você, Sebastian — ela disse, com a cabeça repousada no casaco do rapaz.

— Eu também amo você, Tina. Muito.

— Obrigada por ser meu melhor amigo.

Do lado de fora da cafeteria, Sabina aguardava a sobrinha, sentada em um banco na praça em frente. Não tinha pressa, sabia que Martina precisava de tempo a sós com o pai de sua filha.

Deu um último trago no cigarro, arremessando-o no chão logo em seguida e pisoteando a bituca com a ponta de sua bota.

— Chega dessa merda.

Posfácio

Houve um tempo em que eu idealizava uma história de horror com cunho feminista, sem nunca ter ouvido falar no subgênero "horror feminista". Para mim, parecia ser uma junção perfeita do que eu mais gosto de escrever e ler e de um assunto tão presente e importante na minha vida, e que cairia perfeitamente bem em uma narrativa catártica como é a Literatura de Horror.

Acho que exercitei isso em alguns contos, mas para uma narrativa longa, eu precisava de algo a mais. A impressão que tenho é que fiz alguns ensaios antes de criar coragem para escrever este livro. Aos poucos, fui margeando o tema em contos e riscando algumas ideias no papel, mas nada de muito concreto. A questão é que o feminismo, aqui, não era só um caso de militância, mas de sobrevivência.

Certa tarde, no divã da minha psicóloga, comentei sobre uma história de família, que gerava muita discordância entre minha mãe e minha tia. Na ocasião, comentei o ponto de vista da minha mãe, e minha psicóloga me indagou qual era o ponto de vista da minha tia. Eu não sabia responder. Na verdade, nunca sequer havia pensado naquilo. Horas mais tarde, passei a mão no celular e chamei minha tia para um café.

Foi desse encontro que nasceu a ideia para este livro. O que eu pretendia que fosse um café de uma, duas horas no máximo, acabou virando quase sete horas de uma conversa ininterrupta, daquelas que você ri e chora, às vezes as duas coisas ao mesmo tempo, e que termina mais leve, como se tivesse tirado um caminhão de areia das costas.

Tenho certeza de que não é privilégio da minha família ter histórias tristes, confusas e absurdas. Aliás, muitos dos traços da minha família se encaixam perfeitamente bem em questões sociais relevantes. Como minha bisavó, ao criar os filhos sozinha, foi uma mulher muito à frente de seu tempo, incompreendida por uma sociedade machista, e solitária de um modo geral. Como minha avó sofreu preconceito por ser uma mulher divorciada nos anos 70, e como isso refletiu de maneiras distintas nas duas filhas. Como a rivalidade feminina existe, mesmo entre familiares próximas, e como ainda somos tão condicionados a mensurar o valor da mulher pelo seu papel social, em especial na maternidade e no casamento.

O curioso é que, ao olhar para trás, para as gerações da minha família, tanto materna quanto paterna, vejo mulheres fortes, de personalidades marcantes, que não cabem em seus supostos papeis sociais. Algumas escolheram viver "fora da caixinha" e pagaram um preço alto por isso. Outras, optaram por se forçar a caber em um lugar menor que elas e — adivinhem — também pagaram um preço alto por isso.

Todas essas histórias, esses dramas particulares e coletivos, culminaram em uma série de dúvidas e conflitos que eu mesma tive sobre decisões importantes da minha vida. Isso, somado a um histórico de abuso sexual que ultrapassa gerações, precisava vir à tona, precisava ser regurgitado de alguma forma. E que forma melhor senão a arte?

A base da história estava pronta, faltava o enredo. O *plot*. Depois de muitos rascunhos, nenhum que tenha me agradado, deparei-me com um artigo que falava sobre o arquétipo da raposa e o quanto esse animal é pejorativamente associado a mulheres em algumas culturas. Sinônimo de pessoa ardilosa, mentirosa e até manipuladora, era associado ao espírito feminino "indomável" — como se isso fosse algo ruim. Estava decidido. Eu precisava de raposas nessa história!

O resto veio de uma viagem à República Tcheca. Após passar um período na cidade de Brno, cidade natal do autor Milan Kundera, tive contato com vários aspectos da cultura local e da história do país. E eu, que sempre fui uma aficionada por História, não pude evitar fazer as conexões mais improváveis na minha cabeça. Após ouvir de um tcheco que as *rusalkas* eram praticamente "entidades feministas" — até então eu desconhecia essa mitologia eslava —, foi uma questão de tempo até tudo tomar forma e este livro nascer. Quanto mais eu estudava sobre as *rusalkas*, mais a história ganhava corpo e mais envolvida com o enredo eu me sentia.

Talvez eu tenha visto nesses seres mitológicos uma catarse perfeita para todas as histórias entaladas na minha garganta, todos os nós, medos e raivas que eu queria colocar para fora e não sabia como. E não eram só histórias minhas. Eram histórias da minha mãe, da minha tia, da minha irmã, das minhas avós, das minhas bisavós. Eram histórias de amigas e mães de amigas. Eram histórias de muitas mulheres, que precisavam de uma voz, e essa voz veio por meio das *rusalkas*.

Este livro foi a coisa mais difícil que eu já escrevi até hoje. Entre um capítulo e outro, eu precisava fazer algumas pausas, respirar, chorar. Eventualmente conversar com alguém sobre aquilo. Mas ao terminá-lo, alguma coisa se aquietou dentro de mim. Eu consegui o que queria. E, apesar de ter sido um processo emocional bem pesado e doloroso, eu me senti em paz no final. De alguma forma, houve uma vingança, houve uma justiça, houve um expurgo. Uma libertação de alguma coisa que estava presa dentro de mim. E essa é a coisa que eu mais amo na Literatura de Horror. O expurgo que ela nos permite, já que aborda o medo, a ânsia, a repulsa e os sentimentos mais negativos do ser humano.

Só por isso, esta escrita já teria valido a pena. Mas se, além de aquietar alguma coisa dentro de mim, esta história servir também para uma purgação de algo em você, que a leu, aí eu diria que toda a minha carreira como escritora já valeu a pena.